我寫故事你來畫圖系列 2

抽脂蚊減肥檔案

康逸藍 著

抽脂蚊減肥檔案

徵求高手

一、解題高手

【問題來找碴】是針對每一篇故事提出三個問題，希望小朋友看過之後，能寫出自己的想法哦。

二、插畫高手

看完故事，動手為故事畫插圖，每一篇都會有兩頁〈快樂來塗鴉〉的單元，找一兩個情節來畫，或是由幾個小圖串連起來都可以，自由發揮。

故事還沒完～～自序

這是【我寫故事你來畫圖系列】的第二本，也是一本短篇故事集，每一個故事都比第一本長一點，原則上是各篇獨立，但是第十四篇和十五篇說的是同一個動物教室的故事，兩篇有相同的角色。每一篇的篇末一樣附有兩個讀者可以參與的單元：「問題來找碴」和「快樂來塗鴉」。

這一本同樣有兩篇附有插畫，只是畫者換人了，我特別請嶺東科技大學的兩位同學來畫，其中〈叮噹避暑記〉的畫者康郁澤是我的姪兒，我一向欣賞他的畫風，〈舌頭上的牙刷〉的畫者是楊舜盈（可愛女生），她也畫得很有自己的風格。他們是好朋友，有他們的插圖加入，讓這本故事集生色不少。封面是鄭志慧畫的，她是我的外甥女，她畫的圖也都很「卡哇伊」。很高興有親戚朋友幫這本書加料，當然我們更期待讀者的生花妙筆，來和志慧、郁澤、舜盈挑戰！畫了以後別忘了把自己的名字填在版權頁上哦！

希望你能在故事裡發覺趣味性、文學性、教育性，無形中增進你的語文能力、想像力，也在做人處世方面有好的誘導。每一篇故事可以有多方面的延展，除了看，也可以說、可以演、可以畫，小朋友，也許你有更多點子，更多的發揮呢！

感謝我家人的支持，他們辛苦工作，贊助我出版自己的作品，圓我的夢想；感謝我家的貓狗，給我許多靈感。

感謝秀威公司總經理宋政坤先生、編輯林世玲小姐及出版小組，希望我們的合作能為小朋友出版更多好書。

康逸藍

于水月居

目次

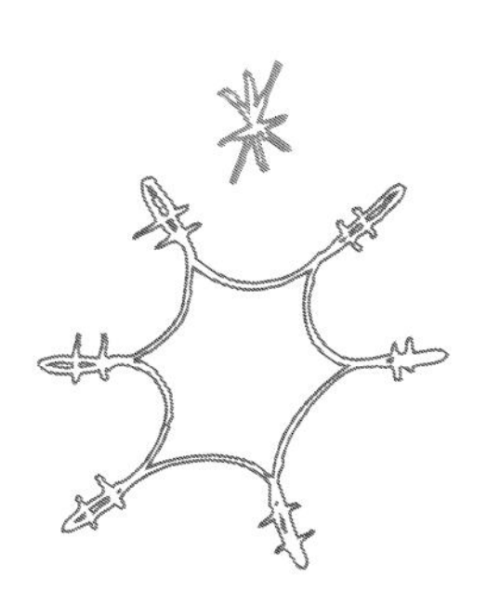

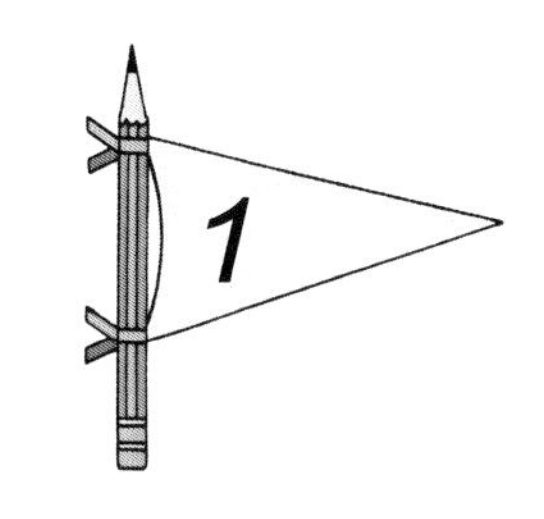

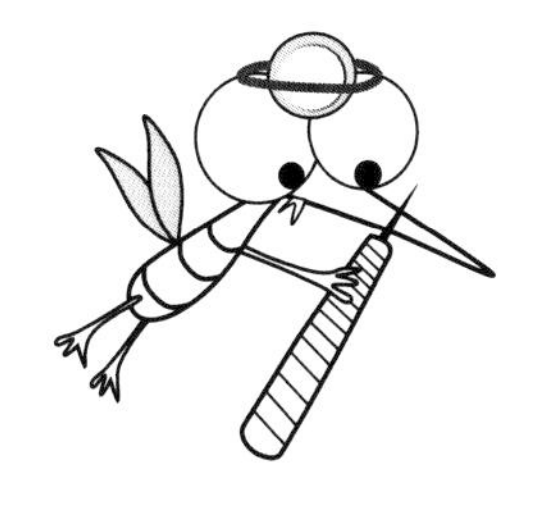

抽脂蚊減肥檔案

河馬小姐對著鏡子，口中喃喃自語的說：「我不該吃那麼多，我真的真的不該吃那麼多，我要狠狠餓自己三天三夜！」

河馬小姐剛剛吃下十個超大鱷魚漢堡、八隻野豬腿，還喝下五桶可樂。醫生給她的減肥餐是：三個中等鱷魚漢堡和一桶低脂牛奶。她急著翻開新到的〈瘦身秘笈周報〉，想找找看有沒有比較輕鬆的減肥法。

報上刊登的大部分都是她試過的，有雞尾酒減肥、針灸去油、高衝甩脂……「都是老套嘛，而且一點效果也沒有！」河馬小姐嘀咕著。她最近參加的是一種叫做「獵豹追追追」的減肥法，她在前面跑，獵豹在後面猛追，差點讓她得心臟病，真是花錢找罪受。回家後她為了慶祝自己死裡逃生，大吃大喝三天，結果，唉，不提也罷！

突然，有一則廣告吸引河馬小姐的注意：

廿一世紀最偉大的肥胖剋星

只吸你脂不吸你血

保證不痛不癢

不必節食

不必運動

親愛的胖哥胖妹

減肥的超級任務

交給我們的超級兵團

抽脂蚊

「哇，有有這這麼理理想的東東嗎？」河馬小姐高興得結結巴巴，要知道，她最喜歡吃，又最不喜歡運動，如果世界上真的有抽脂蚊這種東西，她就不必餓著肚皮，接受醫生的各種魔鬼訓練了。她大叫一聲「賓果」，趕緊抓著報紙往外衝。

順著地址，河馬小姐氣喘噓噓的跑到森林大道二四八巷，真是不得了，隊伍已經排到巷口。巷子底有一塊招牌高掛，上面寫著「要你瘦美身工作室」。招牌還很新，難怪一天到晚在減肥的河馬小姐沒有聽過這一家。河馬小姐看到不少減肥戰友，大家七嘴八舌，話題都圍繞著抽脂蚊。為了減肥，他們身經百戰，卻從來沒有看過這麼吸引人的減肥秘笈。

過了很久，「要你瘦美身工作室」的大門終於打開，有兩隻小猩猩把大家請進去，排排坐在大廳的地上。等大家坐好以後，一隻小猩仔向大家宣布：「我們的院長猩猩御醫馬上要為大家解說抽脂蚊的減肥法，請大家鼓掌歡迎。」大家楞了一下，才紛紛鼓掌。

原來猩猩是獅大王的御醫，有一次把獅大王的牙拔錯了，被放逐到森林邊緣五年，現在五年期滿，他的放逐令已經解除，回到森林裡來，沒想到他搖身一變，變成瘦身專家。他說：「過去這五年，我在森林邊緣，無意中發現那裡有一種蚊子，只吸脂肪不吸血，我就加以研究、改良，終於培養出優秀的抽脂蚊，現在這一些蚊子，要來為大家服務。」

「這種抽脂蚊真的像廣告上寫的那麼有效嗎？」羊媽媽提出疑問。

「這個我可以保證，我請住在森林邊緣的伙伴試驗過。」猩猩自信滿滿的回答。

「會不會癢？」河馬小姐問，因為她最怕癢。

猩猩說：「保證不癢，這就是他們跟普通蚊子不一樣的地方。」

「貴不貴？」大胖鵝問，他已經為減肥花很多錢了。

「各位，抽脂蚊的栽培不容易，是我個人千辛萬苦才研究出來的，可以說是只此一家，別無分號，價格上當然不會太便宜。不過，你如果瘦了以後，可以配合節食、運動等方法，保持你們的身材，這樣就不用一直花錢，很划算的啦。」

當大家在考慮猩猩的話時，河馬小姐已經決定要來做了，因為她爸爸有的是錢，辦了好幾張信用卡讓她刷，可以長期讓抽脂蚊幫她減肥，要她節食、運動，免談！

儘管抽脂蚊減肥的價錢昂貴，胖哥胖妹們還是想盡辦法來做，有的向朋友借錢，有的賣掉首飾、車子；而像河馬小姐這類千金小姐萬金少爺，就直接用爸媽的錢。

由於生意太好，抽脂蚊的工作量很多，每天都吸入過多的脂肪。結果是：專門幫別人減肥的抽脂蚊，卻常常超胖，甚至於「胖死」。

那些胖哥胖妹因為減肥容易而放心的大吃大喝，真正減肥成功的很少。像河馬小姐每個星期用三天來減肥，用四天去吃香喝辣，實際上她根本來不及瘦下去，只是心理上以為自己瘦了。

直到有一天，河馬小姐發現衣服變小了，同時河馬爸爸鐵青著臉問她，為什麼刷爆好幾張信用卡時，河馬小姐才知道減肥減出反效果，巧的是情況跟她一樣的減肥戰友還不少哩！

另外，猩猩也面臨抽脂蚊「過勞死」的問題，那些存活下來的抽脂蚊，聯合起來罷工，原本「嗜脂如命」的他們，只要一想到脂肪就噁心不已。

另外，「要你瘦美身工作室」的招牌，早被減肥者的家屬砸爛了，家屬還說要告猩猩詐財。猩猩傷心的帶著抽脂蚊逃回森林邊緣，他實在想不通，他發現了這麼理想的減肥工具，怎麼會落得如此悲慘的下場？你能幫他想通嗎，親愛的小讀者？

問題來找碴

1. 什麼是抽脂蚊？你希望世界上真的有這種蚊子嗎？

2. 河馬小姐很努力減肥，為什麼老是失敗？

3. 你認為怎樣才能有效的減肥？

快樂來塗鴉

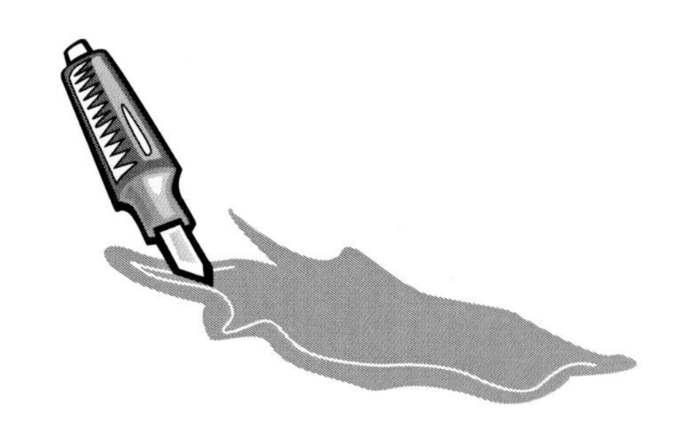

快樂來塗鴉

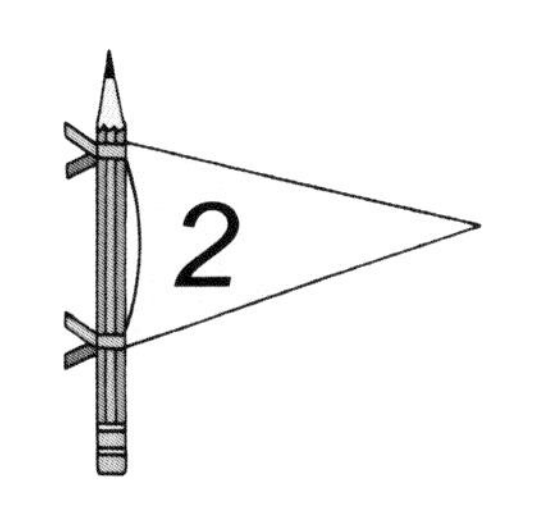

叮噹避暑記

一大早醒來，叮噹感覺自己好像泡在汗水中，濕得可以用水桶來接，好熱呀！電風扇有氣無力，根本無法發揮作用，叮噹決定要找個避暑的地方。

叮噹是一隻有點「豐滿」的老鼠，他好吃懶做，體重直線上升。今年夏天感覺特別熱，別的老鼠要他到通風口吹吹風，他覺得不過癮；要他在排水溝裡泡泡水，他嫌髒，因為他是一隻有潔癖的老鼠。他相信，一定有個涼爽又乾淨的地方讓他避暑。

叮噹溜到廚房，這裡有一個東西令他很有興趣，那就是冰箱。每次女主人一打開，裡面就冒出很多煙，剛開始叮噹以為那是一個大烤箱，裡面煮著熱騰騰的美食，後來他發現女主人從裡面拿出東西，都還要放到爐子上煮；小主人從外頭玩回來，滿頭滿身的汗水，也總是打開那個大箱子，對著大烤箱猛吸氣，還從裡面拿著一個瓶子咕嚕咕嚕的喝。有一次，叮噹冒險從小主人腳後跟溜過，哇——好涼快啊！叮噹迫不及待回窩裡問媽媽，媽媽說那叫做冰箱，人類冷藏東西用的。

叮噹想：這麼熱的天，如果能到冰箱裡避暑多好。那裡涼快，又有東西吃，而且非常隱密。可是怎麼進去呢？叮噹注意到，人們開冰箱拿了東西就關起來，他根本沒有機會，如果他在開的時候出現，那不等於自投羅網嗎？

還好機會來了，小主人小強的表弟小東東來作客，他才三歲大，喜歡開冰箱，把裡面的東西搬出來玩，常常沒關冰箱門。

有一天，女主人在客廳陪客人聊天，小東東又到廚房來尋寶。他打開冰箱，叮噹的心臟快跳出來了，他趁小東東專心玩布丁的時候，以最快的速度衝進去。其實他也不必害怕，因為小東東看到他會跟他打招呼，不像女主人馬上尖叫，也不像男主人拿起拖鞋就打。

叮噹來到這個日夜夢想的地方，好興奮呀！這層走走，那層逛逛，偷咬一口小強吃剩的蛋糕，偷喝一點女主人泡的奶茶。逛累了，躲在一個隱密的角落準備睡個覺。

「小東東，你怎麼又把冰箱門打開了，來，乖，阿姨抱抱。」女主人抱起表弟，順腳把冰箱門關起來。冰箱裡馬上一片黑暗，叮噹心裡有點慌，但他好容易進來，不想很快離開，憑著嗅覺良好的鼻子，他相信自己餓不著。

「誰偷吃了我的蛋糕？我記得明明剩很多嘛，還吃得這麼難看，像狗啃的！」小強打開冰箱，很不高興的抱怨，叮噹警覺的把自己藏好，豎起耳朵聽著。小強重重把冰箱門關起來，叮噹感覺到一次二級地震。

過一會兒，女主人也嚷著說：「誰偷喝了我的奶茶？老公，你不是正在減肥嗎，為什麼不喝你自己的檸檬汁？」女主人知道小強不喜歡喝奶茶，認定是男主人喝的。

「太太，我沒偷喝妳的奶茶，我的肚子夠肥啦！我喜歡這個。」男主人拿起檸檬汁說。

男主人的檸檬汁，夠難喝的，叮噹試了一口，差點連膽汁都給吐出來，他只好多喝些奶茶。最後他們把罪過都推到小東東身上，他太小，大家只好原諒他。

吃飽喝足，叮噹趴著睡覺，做了個好好玩的夢。可是半夜他被冷醒了，爬來爬去，找不到一個比較暖活的地方。他的牙齒開始打顫，手腳也開始發抖，後來勉強跑進一個紙袋裡才好一點。

那個袋子裝了一些吃剩的骨頭，男主人要上班時，把它帶到樓下給狗吃。男主人用力把紙袋子一甩，痛得叮噹哎哎大叫。那些餓狗快速衝過來，還好叮噹跑得快，不然他就要成為狗兒的早餐。

叮噹回家後把冰箱歷險的事告訴媽媽，還鼓吹媽媽和他一起去。媽媽嚴重警告他不准再去，太危險了。可是叮噹好懷念那裡的涼爽，那些美味的東西。他決定再去，這次他學聰明了，偷偷把自己的被子捆成小包袱，趁媽媽不注意的時候溜走。

叮噹又逮到小東東開冰箱的機會，一骨碌溜進去，他對路很熟了，找個隱密地方，把棉被鋪起來，準備在這裡過長假，只要偶爾偷點東西回家孝敬媽媽就好了。

叮噹把被子鋪好，吹著口哨找食物，看到一個紙盒子，鑽進去發現竟是一大塊鮮奶油蛋糕。他才吃兩口，就聽到女主人說：「小強怎麼沒把蛋糕放在冷凍庫！」接著叮噹覺得自己騰雲駕霧起來，「碰」一聲，冰箱門又被關著。叮噹不去管它，繼續吃，吃夠了，想出去伸展筋骨，就從紙盒裡跑出來。一出來就撞壁，所碰到的東西都硬梆梆的，他費盡吃奶力量去啃，牙齒差點斷掉，那些東西像石頭一樣，好硬！而且空間變小，又感覺特別冷，叮噹趕緊躲進紙盒裡。

叮噹很後悔沒隨身攜帶棉被，紙盒裡很冷，不是普通的冷，他覺得四肢漸漸僵硬。一向神靈活現的尾巴也不聽使喚，脖子也漸漸不靈活，叮噹心裡覺得不妙，愈來愈冷……他害怕自己變成一具老鼠僵屍，那就死得太難看啦！

小強打完球回來，肚子餓了，找到冷凍庫裡的鮮奶油蛋糕，翻開盒子，發現被凍僵的叮噹，高興的說：「買蛋糕還附送玩具老鼠，做得真像，小東東，我們來玩玩具鼠。」說著把叮噹丟給表弟，小東東拿起老鼠，好奇的咬一口。原本被凍僵的叮噹，這個時候才有了一點痛的感覺，

差點叫出來，一看苗頭不對，吭都不吭一聲，還要裝得很僵硬，玩了幾次，他們玩膩了，把叮噹丟在一邊，兩個人搶著吃蛋糕。叮噹想跑，卻渾身無力，他試著動動手、伸伸腿，每個關節都好像上了鎖一樣，非常不靈活，在這個節骨眼兒，叮噹聽到男主人重重的腳步聲傳來，他嚇出一身冷汗，上次哥哥叮咚才被他打壞一條腿，男主人如果發現他，他就完了。

還好叮噹嚇出的汗把僵硬的身體弄軟了些，他吃力的爬著，就在男主人進入廚房的同時，他竄進洞裡。

叮噹想想，冰箱雖然是避暑的好地方，可是危機不少，他還是和同伴們到風口吹吹風，到排水溝裡泡泡水比較安全，而且他下決心減肥。

哎，他有點心痛那一床暖活又可愛的被子。

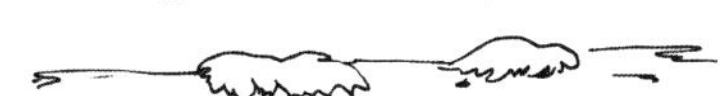

問題來找碴

1. 叮噹發現的避暑勝地是什麼地方？

2. 叮噹為什麼成為凍鼠？

問題來找碴

3. 很熱很熱的時候，你可以想出哪些消暑的方法？

MILK

NO
50元

快樂來塗鴉

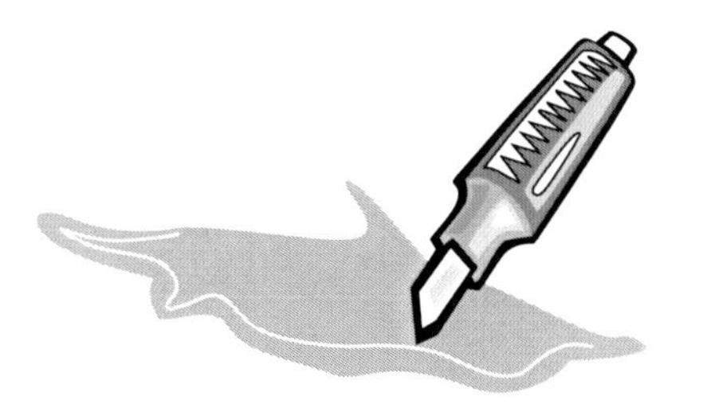

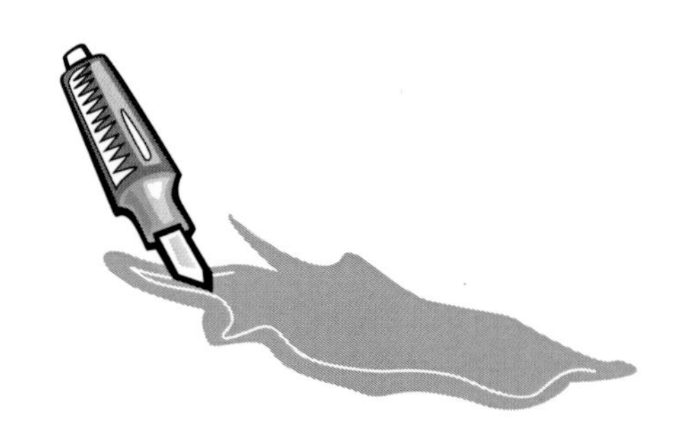

快樂來塗鴉

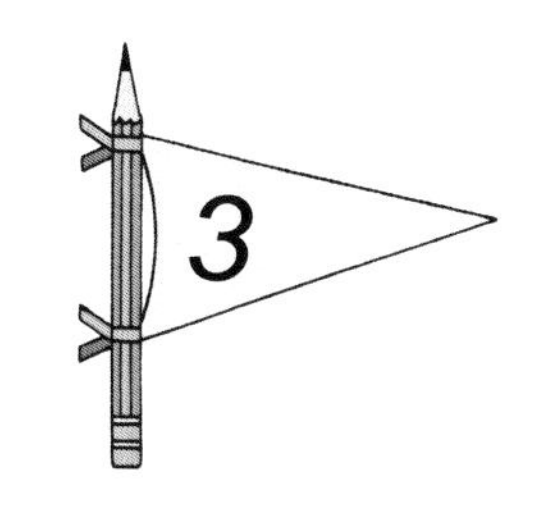

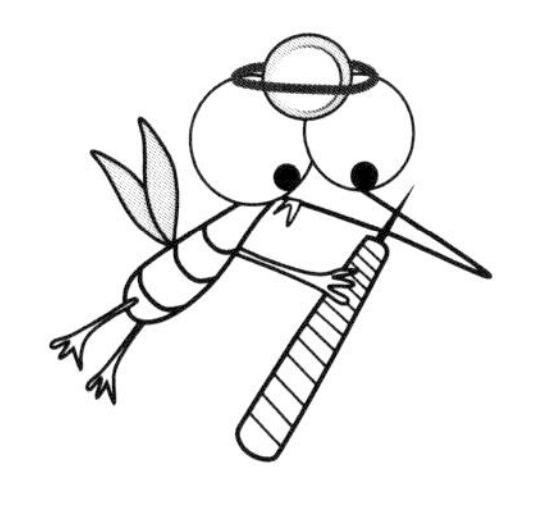

百果樹酋長

在一個風景優美的山坳裡，住著一個烏龜部落，這個部落由一位酋長和一位巫師管理，大家都過著快樂滿足的日子。山坳裡到處都是果樹，烏龜們的主要食物就是果子，這裡的空氣清新，土地肥美，所以果子又香又甜。

阿嘟是一隻小烏龜，他長得胖胖的，走路特別慢，但他很和氣、很熱心，大家都願意和他交朋友。阿嘟有一個奇怪的習慣，就是吃了果實不吐掉裡面的核或籽子。很多老烏龜常跟小烏龜開玩笑說，吞下籽子以後，將來身上會長出果樹來，小烏龜們很害怕，有時候不小心吞下籽子，就害怕的哭起來。可是阿嘟他有點懶惰，每次吃果實都不吐籽子，久了也沒有果樹長出來，他就更放心的吃了。

有一天，烏龜部落來了一隻猴子，這隻猴子帶來許多長長的東西，他說那種東西叫做「逍遙煙」，吸那種逍遙煙，整個身體都會輕飄飄的，好像飛在太空中一樣。說著他就吸起一根逍遙煙，當他把煙送給在旁邊觀看的烏龜時，都沒有任何烏龜敢嘗試。後來有人把巫師請來，因為巫師是全部落最有學問的人，大家要聽他的意見。巫師看了猴子的表演以後，又聞了聞猴子鼻孔噴出來的煙味，就裝著很陶醉的樣子，也拿一根起來抽，然後長長的噴出一口煙，連說「好！好！真是好東西呀！」其中有些好奇的烏龜也跟著拿起來嘗試，有的人嗆得咳嗽，有的人覺得味道的確不錯。阿嘟也在旁邊看，可是他總覺得那種東西不好，他勸大家不要嘗試，可是人家怎麼會聽他的話，人家都相信巫師。

慢慢的學吸逍遙煙的烏龜愈來愈多，連酋長也學會了，而且吸了這種煙的人會懶懶的，什麼事都不想做，成天只想吸，吸了就幻想自己像小鳥一樣飛起來了。整個部落裡烏煙瘴氣，後來猴子又把煙的種籽賣給他們，他們就乾脆把果樹砍掉，改種煙草。

阿嘟好生氣，可是他勸別人，反而被當成討厭鬼，漸漸的大家都不愛理他。某一天早晨，阿嘟醒來，發現背上很痛，好像有什麼東西要衝破他的殼，他跑去看鏡子，發現背上有點裂痕，好像有個小東西冒出來。他去請鄰居幫忙看看，鄰居說：「不得了，你背上長出一個怪物了！」不久，全部落的烏龜都知道這件事，有的烏龜很同情他，有的烏龜卻幸災樂禍，因為阿嘟老是干涉他們吸逍遙煙。阿嘟背上的怪物越長越高，大家終於看出來，原來是一棵小樹。有的說阿嘟吃果實不吐籽子，樹從身上長出來了，有的說阿嘟不吸逍遙煙，才會有這個後果。他們勸阿嘟也吸吸逍遙煙，阿嘟不肯，他們就嘲笑阿嘟，有時候還故意把煙噴到阿嘟身上。阿嘟好難受，想去請教巫師，巫師也沈迷在煙裡，不看病了。

阿嘟身上的樹越長越大，他最後決定到別的地方去找醫生，他獨自傷心的離開了家鄉。

烏龜部落的居民，大部分都染上煙癮，有些烏龜媽媽煙癮太大，生出的蛋特別小，孵出的小烏龜也特別瘦弱。許多成年的烏龜莫名其妙的死了，沒死的烏龜也無精打彩的。更嚴重的是他們為了栽培大量的煙草，砍掉了許多果樹，沒砍掉的果樹也被煙薰得枯萎下去。巫師這時候才知道他受了猴子的欺騙，他利用大家對他的信任，引誘大家上當。可是他煙癮很深，一時改不過來。部落裡能吃的果實很少，大家沒有多少東西吃，只好拚命吸逍遙煙，暫時逃避饑餓。

阿嘟一路找名醫，可是卻沒人能幫他醫，他身上的果樹開花了，奇怪的是竟然開著不同的花，後來花謝了，竟然結出不同的果實。有些果實是別的部落所沒有的，那些居民就向他要種籽去種，種出來的果樹很漂亮。阿嘟餓了，就吃自己身上的果實，非常方便，他突然覺得自己身上這棵「百果樹」很有用，為什麼一定要把它除掉呢？

後來阿嘟來到猴子部落，發現他們正在開慶祝大會，他也想去湊湊熱鬧，他找了一隻猴子問他們在慶祝什麼？那隻喝得醉醺醺的猴子說：「有一個笨蛋烏龜部落，被我們用煙草給引誘，大家都染上煙癮，現在他們沒有果實吃，身體都很虛弱，我們過幾天要去佔領他們的土地。」

阿嘟一聽，才知道自己的部落要遭殃了，他急急的往家鄉回去。可是他想到部落裡的烏龜都那麼虛弱，怎麼能抵抗強悍的猴子？何況他走得又慢！他想起一路經過不少地方，也認識不少朋友，就想請那些朋友幫忙。於是他經過大象、馬、鳥、狼等部落，把猴子的詭計說出來，大家都很為烏龜部落打抱不平，答應派救兵去幫忙。鴿子先飛去烏龜部落通風報信，阿嘟騎在大象背上，大家日夜不停的向烏龜部落出發。

奄奄一息的酋長聽了鴿子的話，看著也是奄奄一息的巫師，巫師慚愧的低下頭，酋長趕緊集合大家，說出猴子的詭計，大家又憤怒又害怕，鴿子說救兵馬上來了，烏龜們才放心，也才下決心要戒掉煙癮。

援救的動物在部落外面佈好陣，阿嘟指揮大家除掉煙草，改種起果樹，他身上的果實正好派上用場。烏龜們希望再把自己的部落建立成百花盛開，百果纍纍的模樣。

猴子們以為萬無一失，一路直闖過來，沒想到在部落外被那些救兵打得浠浬呼嚕，趕緊逃走。

酋長覺得自己年紀大了，要把寶座讓出來，大家都推舉他們心目中的英雄阿嘟，阿嘟成了新酋長。阿嘟身上的百果樹成為一個標幟，大家都叫他「百果樹酋長」。

問題來找碴

1. 你有沒有把水果籽子吃下去的經驗？如果有，你會害怕肚子裡長出果樹嗎？

2. 水果的籽子有什麼作用？

3. 請來練習繞口令：「吃葡萄不吐葡萄皮，不吃葡萄倒吐葡萄皮兒」。

快樂來塗鴉

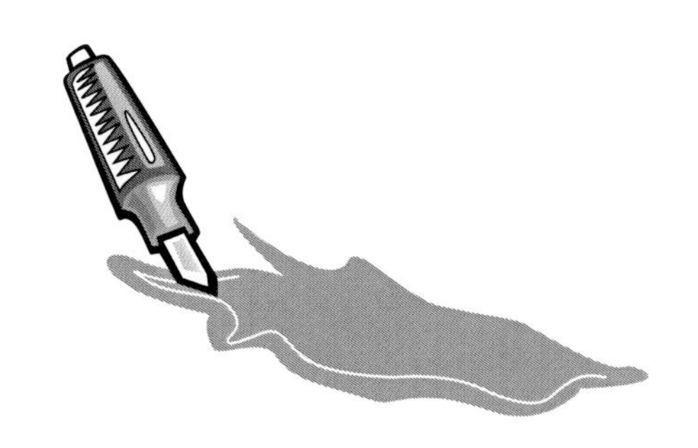

快樂來塗鴉

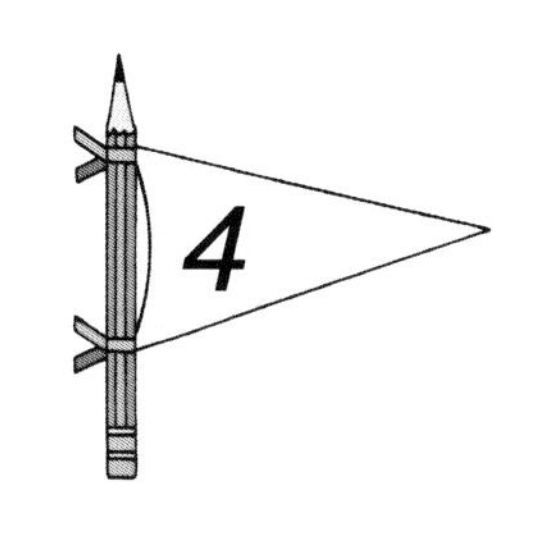

送給春天的歌

夜神把它的黑紗，輕輕的穿在大地身上，鳥兒成群結隊的飛回窩去，蟲兒們也急急鑽回洞裡。星星醒來了，一顆一顆睜開眼睛，好奇的看著大地。小秧苗青青站在田中央，和同伴們排著整齊的隊伍，安安靜靜的站著。青青望望身旁的稻草人，突然腳下有什麼東西溜溜的滑過，原來是一隻貪玩的小水蛇。

青青心裡有很多疑問，他忍不住唱起歌來：

為什麼星星高高掛？
為什麼小水蛇沒有腳卻爬得快？
為什麼稻草人流著淚珠兒？

稻草人也唱起歌：

星星要照亮大地，所以高高掛！
小水蛇扭著身體爬，所以爬得快！
我身上的小水珠，是晶瑩的露珠兒！

小秧苗們都唱起歌來：

為什麼星星高高掛？
為什麼小水蛇沒有腳卻爬得快？
為什麼稻草人流著淚珠兒？

小蟲們也探出頭來，張大嘴巴唱：

星星要照亮大地，所以高高掛！
小水蛇扭著身體爬，所以爬得快！
稻草人身上的小水珠，是晶瑩的露珠兒！

★　★　★

天亮了，太陽把星星們趕回去找媽媽，小麻雀在電線上吱吱喳喳。小秧苗青青伸個懶腰，又唱起歌來：

為什麼鳥兒能飛？
為什麼雲兒能飄？
為什麼露珠兒穿彩衣？

稻草人回答：

鳥兒將翅膀用力飛！
雲兒請風載著飄！
露珠的彩衣向陽光借！

秧苗們也歌唱：

鳥兒飛呀鳥兒飛！
雲兒飄呀雲兒飄！
露珠串成珍珠鍊！

青青接著唱：

我有葉子當翅膀！
也請風來載我飛！
戴著珍珠遊四方！

稻草人笑著唱：

你的葉子力氣小飛不高！

你的根牢牢在土裡風兒載不動！

你的珍珠鍊也會被陽光收回去！

★　　★　　★

青青還想唱什麼，天空突然暗下來，滿天的烏雲黑咚咚。青青問稻草人：「黑夜又來了嗎？」

稻草人回答：「不是不是，是春天來了！」

一道閃光從天邊閃過，青青以為春天是一道閃光。

轟隆隆的雷聲傳過來，青青以為春天一聲聲大吼！

嘩啦啦的雨啪啪下，青青以為雨才是春天！

春天到底是什麼樣子？青青對著天空問。

春天是一種快樂的心情，花兒高興的開著，蝴蝶、蜜蜂翩翩的舞著，小青青，快伸開雙手迎接春天，你要在春天裡快快長大。稻草人代替天空回答。

長大要做什麼？

長大了你身上會結滿金黃色的果實。

金黃色的果實做什麼？

金黃色的果實可以煮成香香的飯，也可以培育成你的下一代。

跟我長得一模一樣的下一代？

是的。

那你呢？稻草人。

我會一直守護著這一片田。

你會照顧我的下一代嗎？

會，還有下下一代，再下一代，數不清的下一代！

好棒哦，我喜歡春天，我要唱一首歌送給春天：

不再羨慕星星高高掛！

不再羨慕小蛇爬得快！

不再羨慕鳥兒會飛翔！

不再羨慕雲兒隨風飄！

我要用快樂的心情，

在春天的搖籃裡長大。

問題來找碴

1. 青青為什麼羨慕星星、小蛇、鳥兒和雲兒？

2. 稻草人有什麼作用？你看過稻草人嗎？

問題來找碴

3. 你會用什麼語詞來形容春天？

快樂來塗鴉

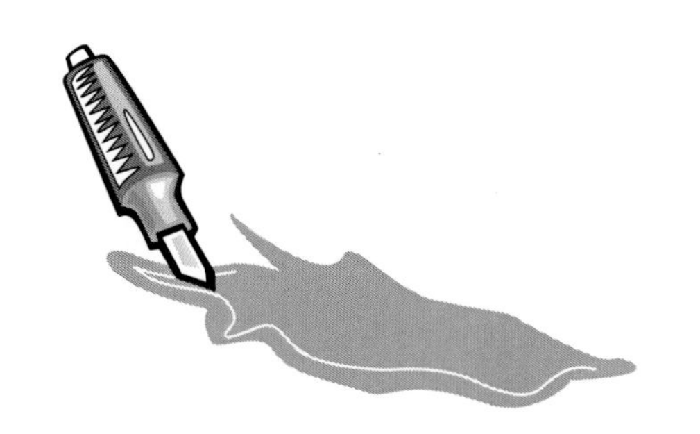

快樂來塗鴉

小船找媽媽

有一條河流，每天都高高興興的流過許多村莊，然後在「下寮」這個渡口注入大江。

紅葉村是這條河流經過的村莊之一，村民大都靠捕魚為生。每天傍晚，紅葉村的村人捕完魚回到岸邊，總是熱熱鬧鬧的討論收穫的情況，漁船也互相打招呼，討論一天來的心得。在角落裡，卻有一條小船默默的、孤單的浮著，從來沒有人理他。

這條小船叫做小立，是一個叫胡立的年輕人，用建造大船剩餘的木材造成。胡立在不久前到外地謀生去了，三年五載內大概不會回來，所以，小立就成了十足的孤兒。

每當小立看到附近樹上的小猴子，都有媽媽陪著玩，心裡就好羨慕，他想：「如果我有媽媽，就不會這麼孤單了。」

有一天，一個黑黑瘦瘦的小男孩來到岸邊，哭得很傷心。小立很好奇，就問他：「你是誰？為什麼哭個不停？」

小孩揉揉眼睛說：「我叫做小虎，鄰居的伯伯們說，我爸爸的船沉了，他可能永遠回不來了……。」

「你應該有媽媽呀！」小立又問。

小虎說：「在我很小的時候，媽媽就到很遠很遠的地方去賺錢，一直沒有回來過。」說著，小虎又哭了起來。

小立聽了，覺得小虎跟自己一樣孤單，不禁流下同情的眼淚。

後來，小立突然靈機一動，說：「小虎，你要不要去找媽媽？如果你想去找媽媽，就駕著我吧，我也想出去找一個媽媽。」於是，小虎擦乾眼淚，乘著小立出發去找媽媽。

小虎和小立順著河流而下，每到一個村莊，小虎就上岸找找有沒有叫「明珠」的婦女，他聽爸爸說過，媽媽叫做明珠。

有幾次，他們碰到叫明珠的女人，但都不是紅葉村來的，也不認識小虎的爸爸，小虎覺得很失望。他身上的錢不多，所以常常必須留在一些村莊裡，幫別人做工賺點路費。他把小立綁在岸邊，晚上，就睡在小立身上。

小立的遭遇也不妙，沿路有很多船都笑他傻，說：「船怎麼會有媽媽？」可是小立依然不死心，他還不斷為小虎打氣。

有時候，小虎會想家，又因找不到媽媽而難過，小立就在一邊安慰他，教他欣賞河岸的風景，還教他唱打漁人的歌。

很快的，一年過去了，經過一年的磨鍊，小虎已是個黑黑壯壯的少年，小立在小虎的照顧下，也完好無缺。

不久後，他們到了河流注入大江渡口——下寮。下寮是個熱鬧的地方，岸邊停滿了各式各樣的大船，商人、旅客也多得不得了。小虎立刻到處去打聽媽媽的消息，沒想到，還是沒有一點結果。

這下子，他們開始擔憂了。小立太小，在大江裡航行很危險，怎麼辦呢？

剛好有一艘載著藥品、食物的船在徵求船員，要到一個流行瘟疫的村落去，有些船員不敢去，所以船上缺人，小虎就自願前往，但有個條件，就是要把小立拖著一起走。船長不得已只好答應，他們就這樣出發了。

流行瘟疫的村落叫三木村，是個貧窮落後的小村。心地善良的小虎到了那兒之後，決定留下來幫助村民。他把小立綁牢在岸邊，就開始到處發送藥品，不分日夜的照顧病人。不幸的是，小虎自己也病倒了，跟一些病人躺在一起。

有一天，他在睡夢中聽到有人叫著「明珠、明珠」，他立刻跳起來大喊：「誰叫明珠？」

只見一個三十多歲的婦女走來，說：「我就是明珠，小夥子，你看起來有點面熟，你是哪一家的小孩？」

小虎看了好久才說：「我叫小虎，從紅葉村……」

話沒講完，那女人就抓住他問：「你是小虎？你真的是小虎！你爸爸是不是阿義？」

小虎終於找到媽媽了，他的病一下減輕很多。

後來，小虎才知道，原來媽媽當時存了一筆錢要回家，半路上卻遇到暴風雨，船沉了，她被漂到三木村外，還好村民把她救起來。她本來想再存一些錢才回家，可是又遇到這兒發生瘟疫，為了報答村人，便留下來幫忙，沒想到耽擱了這麼久。

小虎病好後，第一件事就是拉著媽媽往村外跑。跑到岸邊，他上氣不接下氣的跟小立說：「我找到媽媽了。」

「我真替你高興，小虎，跳上來慶祝吧！」小虎縱身一跳，在小立身上又叫又吼的，一旁的媽媽看得莫名其妙。

小虎連忙解釋他和小立找尋媽媽的來龍去脈，這時小虎才想起小立還沒找到媽媽，很替小立難過。

小立卻平靜的說：「沒關係，我不急，相信總有一天我會找到的。」

不久，三木村的瘟疫完全被控制住了，村民很感激醫生以及小虎他們的幫忙，當他們知道明珠就是小虎的媽媽時，都為他們母子團聚而高興。

村民聽說小立也要找媽媽，就決定砍些木材，仿照小立的模樣造一條大一點的船，給小立當媽媽。三木村原本就是以產木材聞名，所以他們很快就找到跟小立同樣材料的木頭，大家同心協力造了一艘大船。

小立終於有媽媽了，當「船媽媽」舉行下水典禮時，小立真是樂歪了！

三個月後，正是秋天，小虎母子想念起故鄉的紅葉，於是決定回紅葉村去。

當他們回到故鄉後，船媽媽和小立成為小虎捕魚、做生意的好幫手，再也沒有船敢嘲笑小立了，相反的，他們好羨慕小立，每天可以依偎在媽媽的身邊。

問題來找碴

1. 小立和小虎各有什麼身世?

2. 是誰建議要去找媽媽的?

問題來找碴

3. 最後小立和小虎怎麼找到媽媽？

快樂來塗鴉

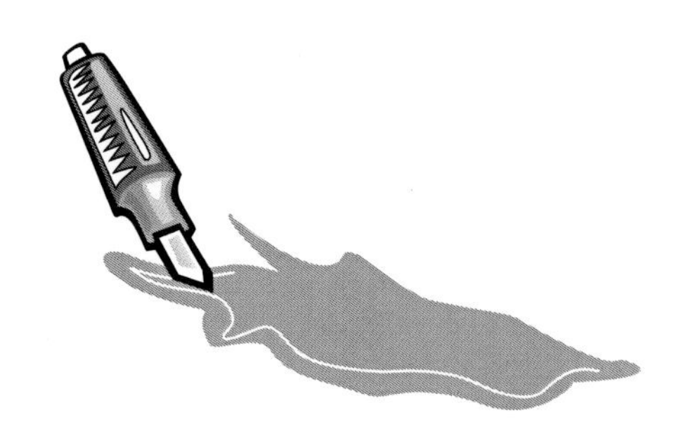

快樂來塗鴉

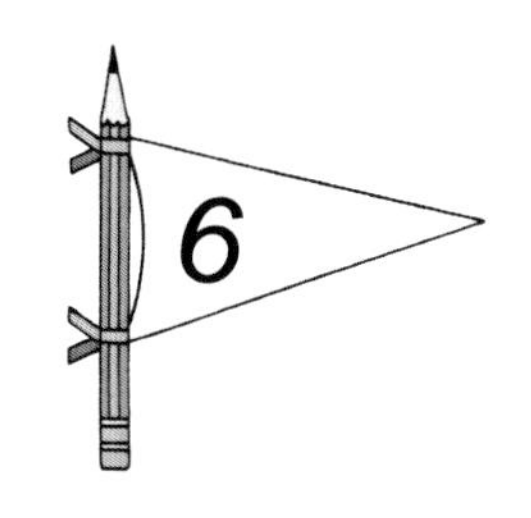

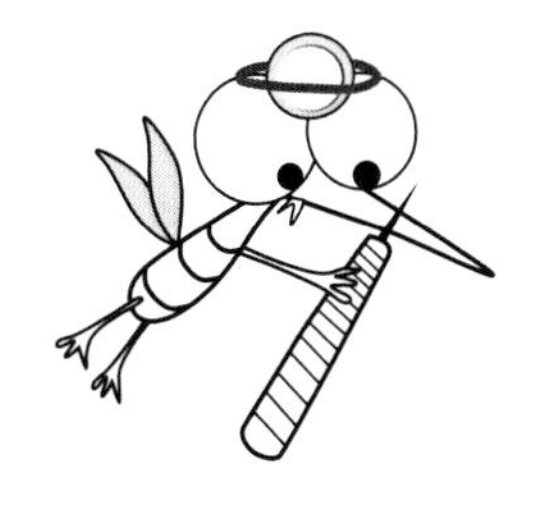

無牙的象群

森林裡一場悲哀的喪禮，正莊嚴的進行著。象群圍繞著大象嘉音的屍體，長長的鼻子都下垂，兩眼無神的看著嘉音。

「又是人類幹的好事！」象勇士肚奇憤慨的說。嘉音的兩隻長牙已經被取走，對象群來說，因為長牙而被取走性命的象越來越多，這真像是一場永不停止的惡夢。

「我們一定要想辦法來保護自己的生命。」族長布莉說。

「我們一定要保護自己的生命。」大家都把象鼻朝向天空，這麼附和著。

但是，面對殘酷的人類，他們要如何保衛自己的生命呢？象牙太珍貴了，人類把象牙製成各種藝術品，戴在身上，或擺在家裡，可以滿足愛美的虛榮心，也可以向別人炫耀自己的收藏。為了取得更多象牙，人類不擇手段，大量殺害大象的生命。

小象谷谷還沒長出象牙，他疑惑的問媽媽：「我長大了，也會有象牙嗎？」

媽媽說：「是的，孩子，你會長出兩隻美麗的長牙。」

「我不要，有了長牙會被殺死，我不要長牙。」

媽媽說：「傻孩子，等你長大，就會長出長牙來。」

「為什麼別的動物沒有像我們這麼長的牙呢？」谷谷大聲的問。

這時象長老阿斗說話了，他說：「孩子，這兩隻光輝的象牙，可是宇宙之神特別賜予的。當初宇宙之神創造我們的祖先，只有長長的鼻子，沒有長牙。有一次，森林裡舉行選美比賽，我們的祖先參加選美，結果非但沒有選上前五名，還被其他動物嘲笑鼻子太長，看起來真蠢。」

「我們的祖先非常傷心，跑去向宇宙之神哭訴，宇宙之神說鼻子的長度沒辦法改變，他要我們選擇增加其他的東西，可以讓我們看起來漂亮一點。我們的祖先有的希望擁有和蝴蝶一樣美麗的翅膀，可是我們太重，飛不起來；有的希望我們像羚羊一樣，有一對彎彎的角，可是羚羊抗議，因為那是他們的標誌。」

「最後決定公開徵求造型設計，由大家設計他們最想要的模樣，再請宇宙之神裁決。最後由偉大的祖先粗皮設計的長牙，獲得宇宙之神的讚賞，也得到象群的同意，於是宇宙之神就讓我們擁有這兩隻漂亮的牙，這也是其他動物所沒有的。」

大家聽了阿斗的話，都為這兩隻宇宙之神賜予的長牙感到萬分驕傲。可是他們一想到這兩隻長牙反而成為致命的東西，又感到無限的哀傷。

族長說：「人類的野心是無止盡的，長此下去，我擔心我們象族會在地球上消失。」

另一隻長老象獨牙說：「我們最好請宇宙之神收回我們的長牙。」

「不行，沒有了長牙，我們象族在森林中還能立足嗎？我們憑什麼和各種動物比美？你自己只剩一隻長牙不好看，忌妒我們，就希望大家都變成無牙象。」美牙象穌穌大聲反對。

獨牙年輕時喜歡打鬥，在一次打鬥中損失了一隻長牙，從此被大家叫為獨牙，常被當成取笑的對象。美牙象擁有一對弧度美、顏色亮麗的長牙，最喜歡和其他大象比美，也常常跑到水邊欣賞自己的美牙，要他放棄這一對美麗的長牙，簡直要他的命。

阿斗嘆口氣說：「生命比較重要，還是美牙比較重要？」阿斗是大家尊敬的長老，於是大家推派他和族長商量，做出最後的決定。

最後族長沈重的宣布：「經過我和阿斗長老的討論，我們決定請宇宙之神收回我們的長牙，這件任務，我們請勇士肚奇去做。」，

肚奇很勇敢的接下這個任務，要到宇宙之神住的地方，得爬過許多高山，涉過許多溪流。經過千辛萬苦，肚奇達成任務，宇宙之神把大象的長牙收回了。

沒有了長牙，人類不再任意殘殺象群，大象們也漸漸習慣沒有長牙的生活。只有穌穌，每當他看著水中的自己，心裡總是不快樂。後來他去找象醫生，請醫生幫忙他做了兩隻漂亮的假牙。象醫生拗不過穌穌的要求，只好答應他的要求。有了假牙，穌穌就常常戴著它們到水邊回味自己的美牙。

人類很奇怪所有的象都變成無牙象，動物學家從各個角度去探究，都找不出原因。這件事情成為二十一世紀最奇怪的謎，誰也無法揭開謎底，他們對大象不再有興趣，便把目標集中在其他的動物身上。

有一天，一個獵人正在尋找犀牛的蹤跡，無意中發現水邊有一隻正在照鏡子的大象，而那隻大象竟然還有長牙。獵人的心臟差點沒跳出來，多麼珍貴的一對象牙啊！他就要成為億萬富翁了。

他謹慎的繞到大象後面，舉起獵槍，瞄準目標，但正當他準備要扣扳機的時候，大象看到了他，也看到一隻瞄準自己的獵槍。他正想開口說：「我這對長牙不是真的！」但他已經沒有機會了，子彈打中了他，接著又兩槍，大象倒地不起，他正是美牙象穌穌。

獵人發現象牙是假的，非常失望，但想不通為什麼會有戴假牙的象。

穌穌死後，再也沒有戴假牙的象了。人類的子孫從此只能看到無牙的象群。只是當他們翻開古老的書籍，發現大象都有長長的牙，便問大人，古時候的大象有長長的象牙，現在的大象為什麼沒有？大人們只能聳聳肩，這是一個永遠的謎啊！

問題來找碴

1. 人們為什麼喜歡獵取象牙？

2. 人類可以因為自己的喜好而濫殺動物嗎？

3. 想想看，還有哪些動物，身上有被人類認為珍貴的器官而遭殃的？

快樂來塗鴉

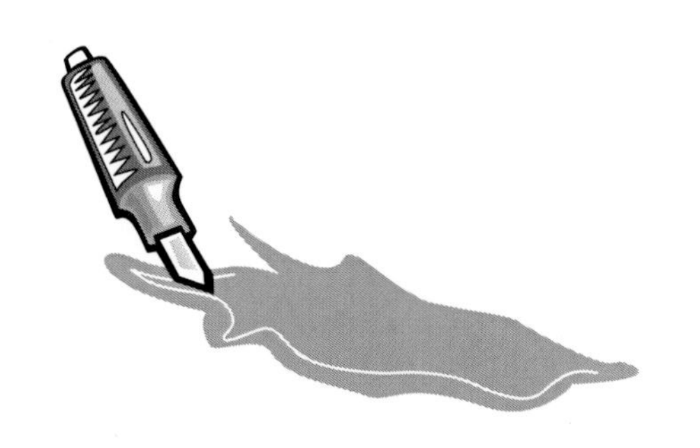

快樂來塗鴉

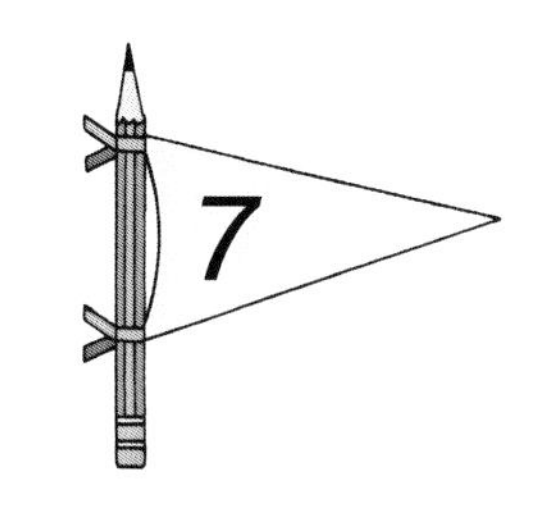

卡卡哩和呼嚕嚕

催眠蟲把大家帶進甜蜜的夢鄉，四周一片寧靜。卡卡哩躺在床上，翻來覆去卻一直睡不著，身上被打的地方還在痛呢！

卡卡哩是一隻不愛睡覺的猴仔。白天的時候，他和一大群朋友在森林裡玩耍；天色一暗，大家都回到自己的家去睡覺，但卡卡哩卻老是睡不著。時鐘滴答滴答的響，他的心臟也跟著乒乓乒乓跳動。他太無聊了，忍不住爬起來活動活動。家裡的電視、收音機等，都被他拆開來研究，但他從來沒有辦法把它們恢復原狀。他每天總要鬧到凌晨兩三點才有點睡意，可是天一微微亮，他又精力充沛的忙著把大家從被窩裡面挖起來。可憐卡卡哩的兄弟姊妹們，好不容易才在他的吵鬧聲中睡著，隔不了多久，又被他叫醒，所以他們家常常一大早就枕頭、拖鞋齊飛，吵得不可開交。

在家裡鬧鬧也就罷了，偏偏卡卡哩覺得家裡太無聊，便跑出去遊蕩。他經常抓起樹藤盪秋千，嚇醒熟睡中的小鳥，也時常撞壞人家的煙囪，吵得大家心神不寧。一大早，他家門口就排滿了告狀的鄰居。

猴爸爸抓著卡卡哩去看醫生，但森林裡的醫院都看遍了，卻沒有任何一個醫生可以治好卡卡哩的毛病，他們只能診斷卡卡哩是得了嚴重的失眠症。有的醫生開安眠藥給卡卡哩吃，但效果不佳，而且卡卡哩還小，醫生認為長此下去對他的身體也不好，只好放棄對他的醫療。

這一晚，卡卡哩在玩城堡大戰的遊戲，他把桌椅搬來搬去，吵醒了猴爸爸，猴爸爸忍無可忍，就狠狠的揍他一頓。

卡卡哩心想：「晚上的時間這麼長，要我動都不動的躺在床上睡覺，那不就跟僵屍一樣嗎？多難過！」

卡卡哩不想再過這種痛苦的生活，因此決定要離家出走。他趁大家都熟睡的時候，悄悄的離開家門。

日子一天天過去，卡卡哩到過很多地方，也結交到不少的朋友，但他們都因為卡卡哩不愛睡覺的毛病，而不願和他長久住在一起。卡卡哩只好繼續流浪，最後，他垂頭喪氣的流浪到了一個非常偏僻的地方，在一塊大石邊坐下，準備休息一會兒。忽然間，一個大嗓門在背後響起：「猴仔，你生病啦！怎麼彎腰駝背的，像個老頭子一樣？」

原來說這話的是睏熊呼嚕嚕。睏熊是森林裡最愛睡覺的傢伙，隨時隨地都可以睡覺，而他的鼾聲和打雷一樣，所以大家叫他「呼嚕嚕」。他發出的聲音太吵了，因此沒有任何動物願意和他在一起住，所以他只好跑到偏僻的地方住下來。

卡卡哩老早就聽說過呼嚕嚕的故事，沒想到和他碰上了。他把自己的苦惱告訴呼嚕嚕，呼嚕嚕說：「你如果不怕我的鼾聲，就和我住在一起吧。」

卡卡哩說：「難道你不怕我半夜裡吵得你睡不著？」

「哈，天塌下來都吵不醒我！有一次，森林裡鬧水災，我的床被漂走，卡在一棵大樹上，要不是一隻雞婆的老鷹把我叫醒，我還不知道要睡到什麼時候呢！」呼嚕嚕得意的說。

從此這兩個怪朋友住在一起，呼嚕嚕不怕卡卡哩吵，卡卡哩聽到呼嚕嚕的鼾聲，不但不覺得吵，反而覺得比較不孤單，他們成了很好的朋友。

呼嚕嚕有時在大樹下磨背，磨著磨著就睡著了，卡卡哩便自己在樹間玩耍，又叫又跳也沒人會抗議。

呼嚕嚕除了吃飯、睡覺以外，最常做的事情，就是畫圖。他拿細樹枝在沙地上畫畫，畫過了以後就用腳踩平，重新再畫。卡卡哩學呼嚕嚕，也拿細樹枝在地上畫。他們邊畫畫邊聊天，呼嚕嚕時常畫一半就睡著了，卡卡哩睡不著就不斷的畫。

有一天，呼嚕嚕說要美化環境，就在牆壁上畫圖，卡卡哩也拿枝畫筆在一旁幫忙。天還沒黑，呼嚕嚕打個哈欠就進入了夢鄉，剩下卡卡哩獨自一個畫。卡卡哩畫了一面又一面的牆，連屋頂也沒放過。月亮升上來，他在月光下畫圖，畫到高興的時候還哼歌呢！附近沒有其他鄰居，而呼嚕嚕睡得呼嚕呼嚕的，很有趣。卡卡哩把呼嚕嚕的睡姿畫在大門上，滿意的觀賞一番，才上床睡覺。

第二天，呼嚕嚕起床時，發現屋子變漂亮了，高興的抓著卡卡哩跳舞。呼嚕嚕看到大門，說：「原來我睡覺的姿勢這麼可愛，卡卡哩，等你睡覺的時候，我也要把你畫下來。」可是呼嚕嚕根本沒機會見到卡卡哩睡覺的樣子，因為卡卡哩睡覺的時間，呼嚕嚕也都在夢中。

這一對快樂的朋友不再把圖畫畫在沙土上，他們畫在樹幹上、石頭上，他們住的地方就好像美術館一樣。有些鳥從樹梢飛過，發現這地方特別美麗，就停下來欣賞。他們發現卡卡哩和呼嚕嚕邊畫圖邊唱歌，快樂似神仙。漸漸的有更多的鳥停下來，和這對藝術家結為朋友。卡卡哩想念爸爸媽媽，就把圖畫畫在樹皮上，還在旁邊寫字，託鳥朋友把這些「圖畫信」送回家去，告訴猴爸爸、猴媽媽，他和睏熊呼嚕嚕住在一起，生活過得很快樂。

猴爸爸、猴媽媽趕到呼嚕嚕的家來探望卡卡哩，他們發現卡卡哩變高又變壯，還畫得一手好圖，心裡都好安慰，不斷的感謝呼呼嚕。

森林裡的居民都好奇的跑來看，他們紛紛要求卡卡哩和呼嚕嚕幫他們美化環境。這兩位森林藝術家可忙了，白天他們都忙著到各家去畫圖，晚上，睡不著覺的卡卡哩還在畫布、樹皮或木板上畫圖，因為大家都喜歡在家裡掛些畫。

卡卡哩不再因失眠而痛苦，他的生活裡充滿樂趣。至於呼嚕嚕，還是常畫到一半就睡著，他的鼾聲可是響在森林的各個角落哩！

問題來找碴

1. 你有失眠的經驗嗎？失眠的時候，你怎麼辦？

2. 睡覺時，呼嚕嚕為什麼不怕卡卡哩吵鬧？

問題來找碴

3. 卡卡哩為什麼會變成畫家？

快樂來塗鴉

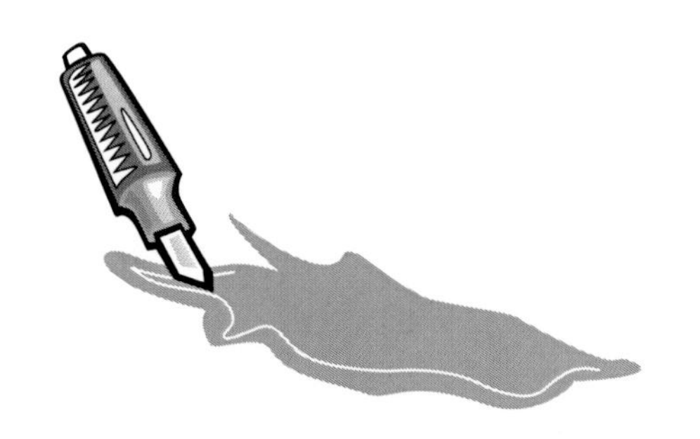

快樂來塗鴉

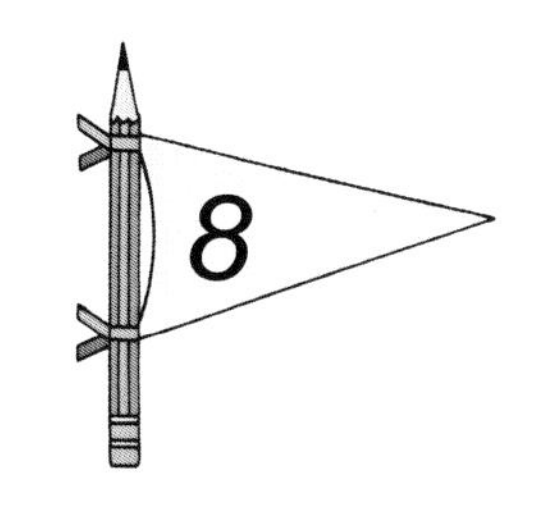

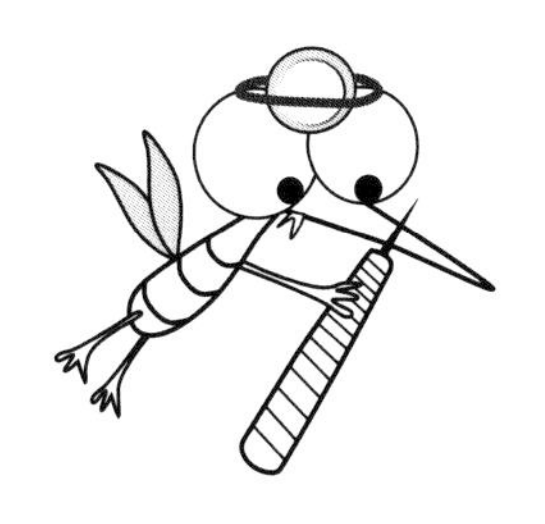

拯救孔雀蛋

陽光射入紅木森林，在一棵高高的紅木上，棲著一對美麗的孔雀，他們那五彩奪目的長尾巴，輕鬆的垂著。當金色陽光撒了一層金光在長尾巴上，更是閃閃發亮。他們是這一座紅木森林裡最漂亮的居民了，其他動物稱他們為孔雀王子和王妃。王子有寶藍色的脖子，王妃有晶綠色的脖子，當他們開屏的時候，那兩扇色彩繽紛的屏風，幾乎一模一樣。

每當森林有什麼慶典，王子和王妃的「龍鳳開屏舞」，總是贏來最多掌聲，而他們美妙的歌聲，也和他們的舞姿一樣，博得滿堂采。現在王妃準備下蛋的消息，成為大家津津樂道的話題，大家都期待可愛的小王子或小公主，早日加入這個快樂的園地。

在遠遠的黑木森林裡，住著一個邪惡巫婆，她的牆壁上密密麻麻，記下許多美麗或甜蜜的事物，她要一一摧毀它們。邪惡巫婆痛恨世界上所有美麗或甜蜜的事物，例如百花園裡一棵綴有蕾絲邊的花，就被她連根拔起；萬獸慶祝和平的嘉年華會，也被她引來的一場暴風雪給破壞無遺。每當摧毀掉那些美麗或甜蜜的事物，她就用一隻粗黑的筆在那上面畫個大×。這一天，她戴上老花眼鏡，在牆上找下一個作案目標，她停住眼光，發出一陣咆哮，說：「就是你們，天生的一對伴侶！」你猜得到嗎，她的下一個目標就是紅木森林裡的孔雀王子和王妃。

過了不久，王妃生下一顆好可愛的蛋，她專心孵起蛋來。這一來森林裡的動物可跟著熱鬧了，大家常常來探望這顆蛋，如果你看到兩隻松鼠在一旁大打出手，那就是他們在為蛋裡是小王子或是小公主而爭辯。有時候

一群小鳥會圍成個圈，為小孔雀唱歌。大家臉上都充滿期待的笑容，準備迎接喜事到來。

有一天午後，大家都昏昏欲睡，突然刮起一陣龍捲風，這是不容易見到的景象，大家都嚇得清醒了，拚命找地方躲。孔雀王妃不忍心拋下那顆可愛的蛋，可是一陣風把她吹到樹叢中。你看，連野豬的牙齒都被吹得插入樹幹，動彈不得，四隻腳猛踢猛打。到處一片哀嚎聲，好容易一切恢復正常，王妃發現她的寶貝蛋不見了。旁邊的樹幹上有一張紙寫著：「孔雀蛋被我捲走了，請孔雀王子和王妃來取回去！」大家這時候才明白，是邪惡巫婆在作怪。他們都知道邪惡巫婆早就嫉妒王子和王妃的美麗，所以他們勸王子和王妃不要去黑森林。但王子和王妃愛蛋心切，即使再大的危險都願意去。

孔雀王子和王妃飛離和諧、快樂的紅木森林，一進入黑木森林，就感覺到氣氛很不一樣，雜亂的樹枝張牙舞爪般，散發一股恐怖的陰森感。隨時會有不知名的大黑鳥，從身旁掠過，並發出悽厲的怪叫。王子和王妃並不擅長於飛行，但他們為了尋找自己的蛋，幾乎不肯休息，飛不動就用跑的，最後終於來到邪惡巫婆的城堡。邪惡巫婆正等著他們自投羅網呢！

王妃一看到巫婆就流著淚水說：「巫婆，請妳把蛋歸還給我們，那是我們的寶貝啊！」王子也低頭請求。巫婆說：「還你們是不可能，但你們可以看它最後一眼。」說完，巫婆帶著他們，走到一個冒泡的池邊，池當中有一個平臺，孔雀蛋靜靜的躺在上面的巢裡。

巫婆說：「想要那顆蛋，除非拿你們的生命來換！」

王子低聲對王妃說：「這就是有名的毒水池，池水裡加了許多劇毒的藥品，萬一掉下去，很快就會變成枯骨。」

王妃心裡打個寒顫，但為了救回蛋，她勇敢的說：「我們一定要想辦法，這樣吧，我們來試著和她談條件。」

巫婆打的如意算盤是：把王子他們逼到毒水池裡腐化掉，不過要把他們的彩羽留下來，做一件漂亮的羽毛披風。聽到王子他們要談條件，她滿口答應。她說：「其實我不過是要你們的花羽毛，只要你們肯讓我拔下花羽毛，我就把蛋還給你們。」

王妃知道這只是巫婆的詭計，她向王子說：「我們假裝答應她的條件，我先讓她拔些羽毛，然後想辦法攻擊她，聽說她脖子那裡有個弱點，我就啄那個地方，你趁機飛到平臺上去拿蛋。」

王子認為攻擊巫婆的事比較危險，應該由他來做，可是王妃認為由池邊到平臺，有一段不算短的距離，還是由王子飛過去比較可靠。王子想想有理，只好答應。

王妃走到巫婆的面前，說：「請妳開始拔我的毛吧。」

巫婆開始拔王妃尾巴的長毛，一根一根慢慢拔，一邊拔一邊說：「這真是世界上最漂亮的羽毛，我就要擁有它們了。」王妃忍住被拔毛的痛苦，兩眼盯著巫婆的脖子看，發現巫婆每次講話，都有一個地方會凹下去，她想那一定是巫婆的弱點。她露出微笑說：「對啊，這世界上，將沒有人比妳還美麗的了。」巫婆正沈醉在美麗的幻想中，王妃猛張開嘴，對準那個地方啄下去。王子馬上展開翅膀，飛向池中的平臺。

巫婆見到這種情況，忍著痛急著要去阻止，王妃哪肯放了她，不住的往她身上啄。不久，王子腳上已經抱起蛋了，正往岸邊來。巫婆掙脫王妃的攻擊，想阻止王子，可是王妃急急飛起來，用很猛的力量把她撞往池中，巫婆一把抓住王妃，眼看著王妃就要被拖下池中。王子口中忽然發出非常高亢的聲音，巫婆沒有聽過這麼凌厲的叫聲，手一鬆，自己掉到池裡去了。毒水噴到王妃的身上，王妃馬上展翅飛起，她想，還好巫婆只拔掉尾巴的羽毛！

當王子和王妃帶著蛋回到紅木森林，大家都大聲歡呼，贊嘆他們的勇敢。不久後，一隻可愛的孔雀小王子破蛋而出了。

狠心的邪惡巫婆一死，從此世界上美麗或甜蜜的事物，都不會受到破壞了。不過王妃的彩羽被毒水噴到，再也不是五彩繽紛，換上的是一件灰灰的羽毛衣。因此當你看到母孔雀，就不必奇怪她們為什麼只有一件灰灰的衣服，更沒有長長的彩色尾巴。王子雖然保有美麗的羽毛，可是他在王妃臨危時發出的怒吼，讓他失去了悅耳的嗓子。所以如果你聽到公孔雀那高亢刺耳的聲音，就知道他們的祖先曾和邪惡巫婆，有過一場生死惡鬥呢！

問題來找碴

1.我們看到的公孔雀和母孔雀，外型上有什麼不一樣？

2.誰偷走了孔雀蛋？

問題來找碴

3.公孔雀和母孔雀為了拯救孔雀蛋，各做了怎樣的犧牲？

快樂來塗鴉

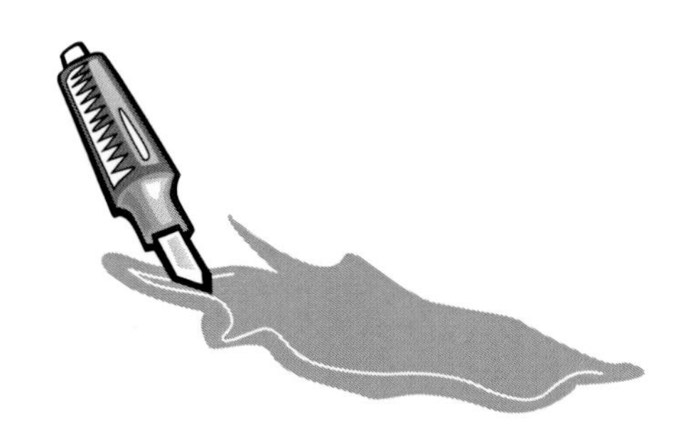

快樂來塗鴉

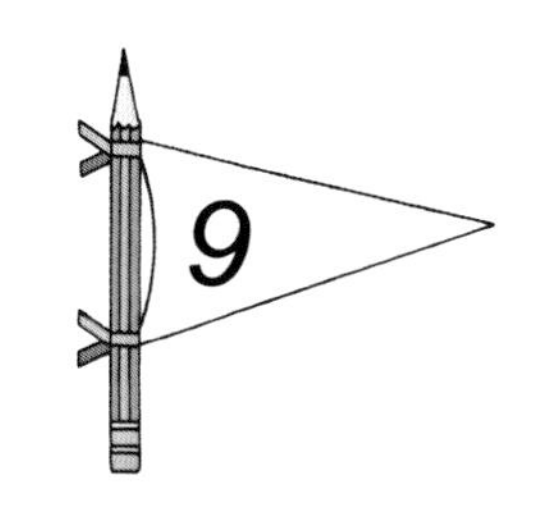

貓家村的故事

貓家村的村長召開緊急會議，因為村子裡老鼠的數目減少，他們抓不到老鼠，常常挨餓。

村長等大家坐定，就說：「本村以前鼠輩橫行，閉著眼睛都能把到老鼠，現在老鼠卻成了稀有動物，再這樣下去，我們貓家村也完蛋了。」

「這都怪花貓阿三，他專門做老鼠香腸外銷到土貓島，我們這裡的老鼠被濫捕濫殺，當然快絕種了。」黑貓旦旦生氣的說。

花貓阿三一聽，馬上起來反駁說：「才不是呢！是黑貓旦旦醃太多老鼠乾，拿去巴結土貓島的公主，才會讓我們抓不到老鼠。」

其他貓也都紛紛發表意見，各說各話，場面一片混亂。

村長敲了一下大鐵槌，大家才安靜下來。最後小黃貓吉吉大叫說：「有了，我們抓到老鼠以後，不要吃掉他們，而是把他們養起來，讓他們生孩子，愈生愈多，以後我們天天有老鼠大餐可吃了。」

大家一聽，都覺得有理，就決定養老鼠。

老鼠阿達剛睡醒，迷迷糊糊要出去找食物，卻很倒楣的被花貓阿三逮個正著。阿達想逃卻逃不掉，他以為自己死定了。沒想到阿三把他放進一個大籠子裡，裡面還有食物和水，阿達以為自己還在做夢，動都不敢動，縮在一旁發抖。

阿三看阿達發抖的樣子，走過來對阿達說：「你別害怕，我現在不會吃掉你，改天我會幫你找女朋友，讓你們結婚。」

阿達以為貓吃錯藥，因為老鼠和貓是世仇，貓最喜歡抓老鼠，而老鼠對貓是又怕又恨，今天貓不但不吃掉他，還要幫他找太太，天底下哪有這麼好的事？

不久，籠子裡來了新伙伴，是鼠花秀秀，阿達平常就很仰慕她，沒想到她要成為自己的太太，好高興！秀秀本來也以為自己要被吃掉了，沒想到會被關起來，還碰到同類阿達，他們在花貓的安排下結婚。其他的老鼠也陸續被抓來養著。那些貓大爺們沒事就來走走，還親自餵他們吃東西。老鼠以為貓大發慈悲，要和他們和平相處，就快快樂樂吃吃睡睡。消息傳出去，有些沒被抓到的老鼠也自動跑來，他們覺得不必工作就有糧食吃，真是「福氣啦」！

老鼠生了一窩一窩的小老鼠，一隻隻都長得胖胖的，後來他們發現有些同伴被帶走就沒回來過。最後有一隻死裡逃生的老鼠跑來告訴他們，他們才知道貓的陰謀。老鼠們偷偷開會商量，最後決定派代表向貓抗議。可是貓怎麼肯答應呢？他們還罵老鼠是自找的。

老鼠聽了好生氣，阿達說：「我們絕食抗議，讓他們沒有鮮美的鼠肉吃，除非他們願意和我們談判。」

從此老鼠集體絕食，一隻隻餓得瘦巴巴的，吃起來很沒味道，貓們只好答應和老鼠談判。

老鼠代表阿達說：「你們太小人了，先把我們抓來養得胖胖的，再把我們吃掉，我們連一點反抗的機會都沒有，實在不公平。」

黑貓旦旦說：「沒辦法，你們的數目愈來愈少，我們快活不下去了，只好用這種方法，這樣至少你們活著的時候不會餓著肚皮。」

小老鼠皮皮說：「不好玩，我聽爺爺說，以前我們住在自己的洞裡，生活自由自在，偶爾餓餓肚子也沒關係。可憐我一出生就被你們養著，都沒機會呼吸一點自由空氣。我非常不甘心！」

「我也很不甘心！如果我不小心被你們碰上了，還可以利用自己的能力逃跑，逃不過算我倒楣，我會認命，但你們這種方式，我連逃命的機會都沒有。」另一隻老鼠波波咬牙切齒的說。

阿達接著說：「千古以來貓捉老鼠，老鼠憑本事逃命，這算是公平的，現在你們破壞這種規矩，我們死也不瞑目。」

秀秀也說：「都怪你們太貪心了，不但要吃我們，還把我們的同胞醃成鼠乾、製成香腸，再送到別的地方去，這樣我們遲早要被你們抓光，而你們也會斷絕糧食，對大家都不好。」

貓們聽聽覺得老鼠說得有道理，就和老鼠達成協議，協議的內容是：貓不再飼養老鼠，也不再大量捕捉老鼠，製成鼠乾或香腸外銷，這樣老鼠不會斷絕，貓也不會斷糧，一切照老規矩來，就是貓憑真本事抓老鼠，老鼠憑真本事躲貓，站在公平的立場，各自想辦法過活。

當老鼠被放出去後，一隻隻都急著練習飛毛腿，準備憑真本事躲避貓的追逐。貓則勤練捉拿術，為填飽肚皮而努力。

問題來找碴

1. 貓家村的老鼠為什麼減少很多？

2. 老鼠為什麼要求和貓一起開會？他們達成什麼協議？

3. 你有玩過貓捉老鼠的遊戲嗎？可以敘述一下遊戲規則嗎？

快樂來塗鴉

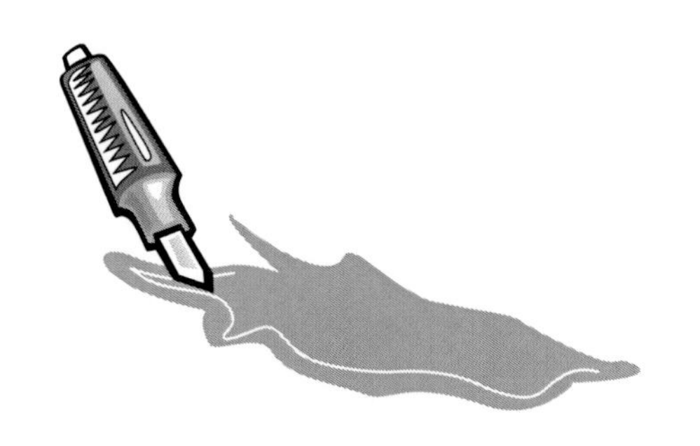

快樂來塗鴉

鬧鬼了

森林裡最近「鬼話連篇」，每種動物一見面，三句話不離鬼，說得好像樹技上、池塘邊都有鬼精靈似的。小熊說他看到的是白面皮鬼，豬太太說她看到的是紅長毛鬼，小松鼠說他看到鬼在啃樹幹，一口就讓樹斷腰。大家繪聲繪影，都說森林鬧鬼了。

這鬧鬼的事得從一個月前，東村大拜拜那天說起。那天，西村的動物都到東村作客，豐盛的大餐吃得肚子大爆滿，吃不完的，就兜著走，一向不吃虧的狐狸一家，準備了大大小小的袋子，又背又提，他們一路上有說有笑，好不興奮！

狐狸一家是最後走的，回西村要經過一條吊橋，架在很深的山谷上。狐狸太太走在前面，後面跟著三隻毛孩子，最後才是狐狸先生。狐狸先生喝了點酒，走著醉八步。快到盡頭時，狐狸太太突然大叫一聲「有鬼啊——」，沒頭沒腦就往回跑；毛孩子們一聽，也沒頭沒腦往回跑；狐狸先生被狐狸太太的叫聲嚇得酒都醒了，看大家都往回跑，他也沒頭沒腦的往回跑。

東村的居民好容易把客人送走，才準備睡覺，就看到狐狸一家慌慌張張跑來，把鬧鬼的事說了，他們上氣不接下氣，大家就請他們住下來，等天亮再說。

隔天，這件事鬧開了，東村的動物不敢到西村去，西村的動物經過吊橋時，要結伴同行，尤其是晚上都避免出來，平常有事也儘早辦完就回家，不敢再在東村逗留。

有些路過的動物不曉得，在晚上經過吊橋，就常常碰到鬼，那個鬼會向過路客要東西，要不到就伸出利爪傷那些過路客。這可苦了貓頭鷹這一類的夜行性動物，他們習慣在夜間活動，夜間鬧鬼，害他們生活亂了腳步。

東、西村的村民都很難過，以前大家來來往往，常玩到月亮爬上半空中才回家，現在即使在同一村，天一黑，大家都不敢出門。西村有一家ＫＴＶ，東村有一家保齡球館，一到晚上就冷清清。

這樣過了一個月，大家都快瘋了，就有那膽子比較大、玩心比較重的，偏不信邪，他們身上帶著點食物，相約出去「探險」，漸漸的發現那鬼是貪吃鬼，只要有吃的、喝的，他就不傷人。於是晚上出去活動活動的動物漸漸多了，大家都知道帶點東西孝敬鬼。

不過，鬼的胃口愈來愈大，要吃得好，還要吃得飽，弄得大家吃不消。

貓頭鷹心裡最有氣，他辛苦大半夜，好容易捕到的食物，大部分被鬼要走，他自己只能吃到一點點。長期下來，都營養不良了。

這一夜，貓頭鷹照例被鬼要走一大半食物，他在空中飛一會兒，看到鬼往回走，就立刻飛回橋頭，他要跟蹤那鬼，看鬼住哪裡？怎麼吃東西？

那鬼高高大大，有長長的毛，走著走著，突然化成兩個較矮小的鬼，迅速地爬過山頭，跑進一個山洞裡。貓頭鷹很好奇，他壯起膽，藏匿在洞外的一棵樹上，靜靜觀察。

不久後，裡面傳出聲音說：「熱死了，這種大熱天，披這麼厚的獸皮！還好今天收穫不錯，那隻笨貓頭鷹，總是讓我們吃到最新鮮的東西。」

另有一個聲音接著說：「對啊，就因為他的東西太新鮮了，別人的東西就顯得味道太差，只好醃起來等冬天的時候享用。」

貓頭鷹一聽，才知道鬼有兩個，他們的聲音有點熟悉。

「狼兄，酒呢？那天老狐狸不是貢獻一瓶好酒嗎？這種新鮮的美食，要配美酒吃才夠味啊！」

「狽弟，那些酒要留到冬天才喝，你看，我們要到這麼多食物，今年冬天很好過了。」

原來是狼狽這一對沒良心的東西，他們竟敢裝鬼！

「狼兄，想不到老狐狸那個精明的傢伙，也被我們嚇得團團轉！」

「狽弟，厲害的不是老狐狸，是狐狸太太。不過這次我們得感謝她，要不是她，我們哪能享受這些現成的東西。」

「說的也是，東村大拜拜那天，我們只是喝太多酒，胡里胡塗爬到樹上睡覺，我裝剩菜的袋子掛在樹上，被狐狸太太誤以為是鬼，才讓我想到裝鬼嚇人的點子。狽弟，你說我這個點子好不好？」

「好極了，狼兄，不工作就吃香的、喝辣的，我真是託您的福，來，這塊大的給您。」

貓頭鷹終於搞清楚了，狐狸太太看到的鬼，原來是狼狽兄弟掛在樹上的袋子，他真恨不得馬上衝進去找他們算帳，但想想自己勢單力薄，還是忍著點，何況他們好吃懶做，也不能太便宜他們。

狼又說：「連老虎經過都躡手躡腳，太帥了！」

狽也得意的說：「森林裡哪個傢伙沒被我們嚇得屁滾尿流！」

貓頭鷹心想：你們耍帥，我就讓你們帥個夠！

隔天，狼狽兄弟到東村打保齡球。保齡球店老闆大熊向狼狽兄弟說：「嘿，你們兩個好像從來不做事，怎麼還能吃得這麼肥？」

狼兄說：「你這隻狗熊，少瞧不起咱們哥倆，咱們本事可多的是！」

「好，你們有本事，那我今晚要到西村辦事，你們要不要當我的保鏢，幫我對付橋頭那個鬼？」大熊問。

「饒了我們吧，狗熊，我們兄弟什麼都不怕，就是最怕鬼，聽說這個鬼法力很強，還是不要得罪他，免得完蛋。」狽弟說。

大熊說：「算了，我大不了給他們『一頓飽』。」

當天晚上，狼狽兄弟早早就準備好，埋伏在橋頭，同樣的，狼站在狽的肩頭，外頭罩上長獸皮，看起來很高大。

不久，果然看到大熊扛一大包東西走過來，他們大搖大擺走出來，大熊嚇得全身擅抖，乖乖把東西交出來，當他們伸手要拿時，大熊卻一把抓住他們。

結果，狼狽兄弟被吊在橋邊，天一亮，東、西村的居民都出來看這兩隻「貪吃鬼」，他們在吊橋上晃來晃去，眼睛根本不敢往山谷看。

貓頭鷹立下大功，他繞著這一對寶飛來飛去，啄他們的身體出氣。其他動物有的丟石頭，有的吐口水，搞得狼狽兄弟狼狽不堪，他們不斷向大家討饒，保證以後不再裝鬼嚇人。

吊了一天一夜下來，狼狽兄弟受夠了苦，大家才原諒他們，大熊說：「你們以後就在我店裡擦地板，靠自己的力量賺錢，不要再裝神弄鬼。」

從此森林不鬧鬼了，大熊店裡的地板被擦得光亮光亮，很多打保齡球的顧客，身體跟著球一起滑進球道，保齡球館成了「滑雪場」了。

問題來找碴

1. 誰家發現森林裡鬧鬼了？

2. 森林裡真的有鬼嗎？

問題來找碴

3. 有人說：「疑心生暗鬼」，這話怎麼說？你能舉出例子嗎？

快樂來塗鴉

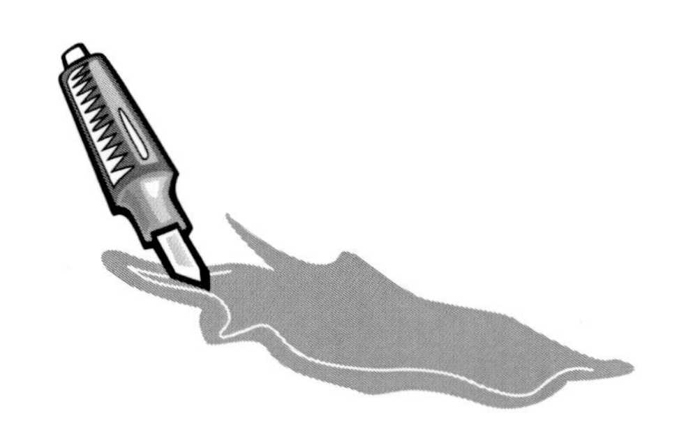

快樂來塗鴉

狐狸先生的肚子

梅花鹿太太又在池塘邊散步，因為她的肚子裡有小梅花鹿，小梅花鹿好像很喜歡出來散步，一到黃昏，就會踢踢媽媽的肚子，提醒她：散步的時間到了。今天猴子媽媽也出來了，猴子媽媽要生第四胎，所以比較不緊張，她會教第一次懷孕的梅花鹿太太注意一些事情。梅花鹿太太和猴子媽媽談得正高興的時候，狐狸先生出現了，他舉舉帽子對她們說：「兩位帶球跑的女士好，妳們又在討論妳們肚子裡的球啦，很有趣吧，哈哈哈！」

狐狸先生是一位不受歡迎的人物，因為他老是喜歡取笑別的動物，尤其是肚子裡有寶寶的。猴子媽媽瞪他一眼說：「我肚子裡的小孩聽夠了你對他的嘲笑，他出生後一定不會喜歡你，你等著瞧吧！」

狐狸乾笑兩聲說：「本動物村裡就屬我最幽默、風趣了，可是大家都不懂得欣賞，真是知音難找啊。」

梅花鹿太太對猴子媽媽說：「我們不要理他，他好像除了取笑別人以外，沒有其他事情可做。」

狐狸先生又說：「妳們不要生氣，生氣會讓妳們肚子裡的皮球也壞脾氣哦！」

說完，他就慢慢的走了。

狐狸先生沿路尋找可以取笑的對象，他遠遠看到豬媽媽走過來，就躲在一棵大樹後面，等豬媽媽一到，他突然跑出來，把帽子舉一舉說：「豬女士好，順便問候肚子裡的一窩小豬，一窩吔！」他特別強調是一窩，因為豬媽媽常常一生就是十多隻。

豬媽媽最討厭狐狸先生了，他什麼難聽的話都講得出來，她不想理他，急急的要從他身邊走過。可是狐狸先生怎麼肯放過她，他繼續對她說：「妳每次一生就是一窩，還好我們村子裡糧食很多，不然你們說不定會餓死，只是你們吃那麼多，腦袋瓜也沒有變聰明點，真是可惜嘍！」

豬媽媽恨不得拿石頭砸他，想到自己快生產就算了，她想趕快去找猴子媽媽她們，所以就頭也不回的走了。狐狸先生今天取笑了三個大肚子的媽媽，心情好愉快，一路唱著歌兒回家。

動物村一年一度的化粧晚會到了，每一種動物都挖空心思來裝扮自己。那一天晚上，大家都奇形怪狀的出現，氣氛好不熱鬧。幾個大肚子的媽媽都聚在一起聊天，後來有一隻陌生的動物加入，她們想不起動物村還有誰懷孕了，那隻動物包著頭巾，一個大大的肚子，好像隨時會生下寶寶。媽媽們很熱情的招待她，沒想到那隻動物突然哈哈大笑，等「她」一拿開頭巾，大家才看出是狐狸先生，他很得意的拿出肚子上的枕頭說：「這就是我的球，好玩吧！」

媽媽們氣得拿起水果來砸他，他還邊笑邊逃，嘴巴裡喊著：「帶球跑，真有趣！」

那晚狐狸先生大吃大喝一頓才回家，他對自己騙人的點子感到很滿意。他把肚子吃得鼓鼓的，以為接下來可以三天不用煮飯了。不過說也奇怪，狐狸先生的肚子非但沒有消下去，反而一天比一天大起來，大到他不得不去看醫生。

山羊醫生拿著聽筒在狐狸先生的肚子聽聽，大叫一聲說：「不得了呀！狐狸先生，你的心臟掉到肚子來了。」

「怎麼會呢？」狐狸先生自認為很博學，沒聽過有這種事。

「我也覺得奇怪，我來聽聽你的左胸部，……奇怪啊，你的心臟還在，可是你怎麼會有兩顆心臟呢？」山羊醫生從沒碰過這麼奇怪的病狀。

狐狸先生說：「山羊先生，你恐怕聽錯了！這世界上誰會有兩顆心臟？」

「有啊，懷孕的人就有，像豬媽媽，她恐怕有十幾顆呢。咦——你該不會也懷孕了？」

「笑死人了，山羊先生，我是男子漢，怎麼會懷孕！你的醫術不好，我要去別的地方看。」說完，狐狸先生就走了，連看病的錢也不給。

狐狸先生看遍了動物村所有的醫生，連別的村子他也不放過，大家都診斷不出來他到底患了什麼病。他常常感到噁心，想嘔吐，東西都吃不下，好痛苦！狐狸先生愁眉苦臉，再也笑不出來，村子裡的動物都知道狐狸先生得了怪病，有人暗自高興，因為他們常被狐狸先生取笑，有人同情他，不忍心看他那樣受苦。醫生們最好奇了，因為醫學史上沒出現過這種病歷，可是狐狸先生不合作，他們也無法多觀察。

狐狸先生覺得自己愈來愈笨重，不太想動。有一天，他坐得好好的，突然肚子好像被什麼踢了一下，接著又一下，他覺得非再找醫生不可了，於是他又去找山羊醫生。山羊醫生進一步診斷，確定他是懷孕了沒錯，肚子裡的小東西開始會動了。狐狸先生不得不接受這件事實，醫生要他多散步，這樣對他比較好，可是狐狸先生怎麼好意思去散步，不被笑掉大牙才怪！

山羊醫生把狐狸先生的情況向大家宣布，希望大家不要取笑他，而且要多幫忙他。那些被狐狸先生取笑過的媽媽們也同情起他來了，都表示要幫忙他。她們到狐狸先生家來告訴他該注意的事，還邀他一起去散步。

當狐狸先生挺個大肚子，和一群大肚子的媽媽一起散步的時候，後面總是跟一群小動物，他們拉大嗓門叫：「狐狸先生帶球跑，狐狸先生的球好大喲！」羞得狐狸先生想鑽進地洞裡，原來被取笑的滋味這麼難受！

大肚子的狐狸先生在生活上很不方便，光是坐下去、站起來都累，肚子裡的小東西很會踢，好像要撐破他的肚皮。他走起路來像鴨子，總是搖

搖擺擺，還好媽媽們陪他散步、說故事，日子比較容易打發。可是晚上他睡在床上就痛苦了，他無法翻身，又沒人可以幫忙，最怕的是肚子裡的東西不知道是什麼，他真怕是妖怪，因為從沒有男人懷孕啊！每天晚上的煎熬令他很痛苦，但是他不知道什麼時候才會生產，而且他怎麼把肚子裡的東西生出來呢？

狐狸先生生產的問題也困擾著所有醫生，最後他們想只有用剖腹的方法了，「可憐的狐狸先生！」醫生們談到最後總是嘆口氣。而動物村的男性動物也擔心這種「怪病」會發生在自己身上，躲得遠遠的，只有小朋友不知天高地厚，常常跟在一旁取笑狐狸先生。

有一天半夜，狐狸先生肚子痛得在地上打滾，可是他家附近沒有鄰居，不管他怎麼叫，都沒人聽到，他痛得全身冒汗，這輩子沒這麼痛過，他想這就是要生產了吧。以前，那些媽媽要生產時大叫，他都還取笑人家呢，沒想到真是痛，他希望白天快快到來。

猴子媽媽來探望狐狸先生，老遠聽到狐狸先生的叫聲，趕緊叫小猴子去請醫生，她知道狐狸先生要生產了。全村的動物一知道這個消息，都跑到狐狸先生家來了。

醫生們磨好刀子，一刀從狐狸先生的肚子剖下去，「ㄅㄥ」，從狐狸先生的肚子跳出一隻小東西，一點都不像狐狸先生，大家都覺得很奇怪，那個小東西竟然開口說：「各位好，我是頑皮仙，我看到狐狸先生喜歡取笑別人，就變到他肚子裡，讓他嘗嘗大肚子的辛苦，和被取笑的痛苦，我想他也受夠了，所以我要走了，再見。」說完，頑皮仙就不見了，狐狸先生的傷口這才開始痛呢，看來他還有一點苦要受。

如果你看到一隻肚子開過刀的狐狸先生，可千萬別笑他，因為頑皮仙說不定也會找上你喲！

問題來找碴

1. 狐狸先生最喜歡取笑的對象是誰?

2. 狐狸先生為什麼會有兩顆心臟?

問題來找碴

3. 是誰躲進狐狸先生的肚子？

快樂來塗鴉

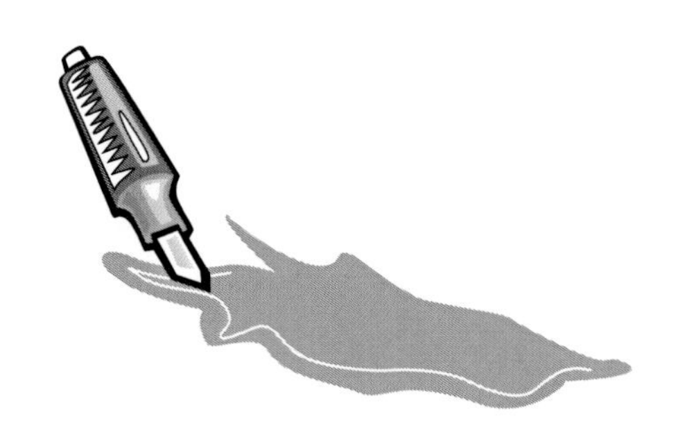

快樂來塗鴉

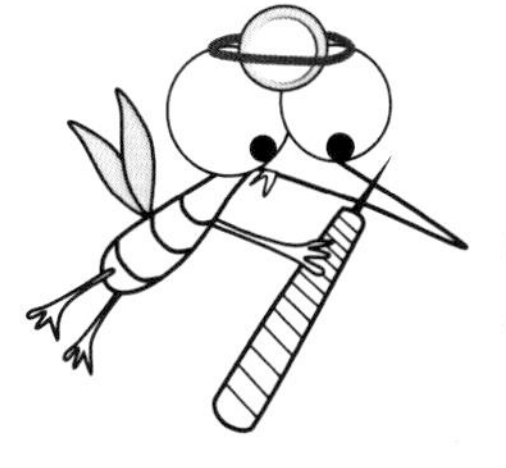

老巫婆大戰虎姑婆

「天氣真好，阿巧，阿嬤帶妳去割菅芒花。」

「阿嬤，割菅芒花要做什麼？」

「割菅芒花做掃把呀！」

哦，原來阿嬤家的掃把都是用菅芒花做成的，難怪和巧巧家用的不一樣。

阿嬤戴著斗笠，斗笠上還用一條大布巾繞著綁在下巴。她也拿一頂斗笠讓巧巧戴，巧巧的頭太小，戴上斗笠都快看不到路了。

阿嬤那粗粗的大手，牽著巧巧嫩嫩的小手，一起向山林走去。

山林裡到處都是菅芒花，白芒芒一片，巧巧把斗笠拿在手上，頭兒這裡轉轉，那裡轉轉，除了藍藍的天空，高高的相思樹，就是一大叢一大叢的菅芒，菅芒的頭上都有著長長的菅芒花。風一吹來，菅芒花就一起跳舞，跳得像浪花，還發出沙沙的聲音。四周很安靜，巧巧好希望菅芒叢裡跑出小精靈。

巧巧的家附近也有菅芒，但是只有一小叢一小叢，媽媽採下菅芒花來當鬍鬚，一邊走一邊說故事，好有趣。看到菅芒花就想到媽媽，巧巧好久沒有看到媽媽了，爸爸說媽媽去美國讀書，過一個年以後才能回來。爸爸要上班，沒辦法照顧巧巧，就把巧巧送到外婆家。

「阿巧，這裡的菅芒花比較熟，阿嬤就在這裡割，妳不要亂跑，袋子裡有餅乾和開水，想吃就自己拿。」阿嬤說完，拿著刀子開始割菅芒花。

阿嬤找到一些奇形怪狀的菅芒花給巧巧玩，巧巧自己辦起家家酒。巧巧採了好多葉子當菜煮，她學阿嬤煮很多菜請客。菅芒花可以當麵條，小土粒可以當飯。巧巧好忙啊，要當主人，還要當客人，裝出不同的聲音，講不同的話。她學阿嬤的台語，阿嬤講台語又快又好聽。她也學媽媽說英語，媽媽要出國前，每天都聽英語，巧巧嘰哩呱啦，說一些自己才聽得懂的英語。

辦完家家酒，巧巧發現阿嬤不見了，巧巧有點害怕，想要去找阿嬤，可是不知道阿嬤在哪裡。巧巧想起阿嬤說的虎姑婆，虎姑婆喜歡啃小孩的手指頭，巧巧趕快把手指頭藏在袖子裡。

巧巧希望自己是白雪公主，有七個小矮人可以保護她，虎姑婆就不會吃掉她的手指。可是白雪公主的故事裡有個壞皇后，壞皇后會像老巫婆一樣，拿毒蘋果給白雪公主吃。啊，對了，我變成老巫婆，這樣就不怕虎姑婆了。

巧巧曾經問過阿嬤：「虎姑婆和老巫婆，誰比較厲害？」

阿嬤說：「老巫婆是誰？」

巧巧覺得很奇怪，阿嬤竟然不認識可怕的老巫婆，巧巧就跟阿嬤說好多老巫婆的故事，阿嬤聽了笑呵呵，高興的跟鄰居那些叔公嬸婆說：「阿巧會講故事給我聽。」

虎姑婆不會變魔法，老巫婆會。巧巧挖一個大土坑，把剛才辦家家酒的東西當魔藥放進土坑，再挑一枝最漂亮的菅芒花，對著土坑裡的魔藥念咒語。

有一隻小鳥飛過來，好奇的站在樹上看巧巧，巧巧對他說：「小鳥，你是老巫婆身邊的禿鷹，如果虎姑婆來了，你要幫我啄她。」

小鳥向巧巧吱喳叫，巧巧以為他懂了。巧巧綁一束菅芒花，騎上去當巫婆的掃把，就開始編故事……

從前從前，在一座大森林裡，住著一個很兇的虎姑婆，她把很多小孩都吃掉了。有一天，老巫婆騎著一把菅芒花掃把，到虎姑婆的家去，她把掃把放在門外，自己變成一個小女孩。她告訴虎姑婆，在森林裡迷路，虎姑婆就讓她住下來。

虎姑婆看小女孩長得白白胖胖，嘴巴開始流口水，她不知道小女孩是一個心地善良的老巫婆變的。老巫婆早就聽說很多小朋友被虎姑婆關起來，特別要來救那些小朋友。

虎姑婆在廚房裡忙著，她想：「地下室那些小孩子，每天哭哭啼啼，吃不下飯，太瘦了，今天來的這個小女孩，胖胖的，好像很好吃，我煮一些好菜給她吃，等她睡著了，再吃掉她，嗯，一定很香很好吃。」

虎姑婆裝了一小碗飯給小女孩，自己裝一大碗飯，小女孩在虎姑婆的碗裡放魔藥。虎姑婆想一想，還是讓小女孩吃大碗的，小女孩不敢不吃，不久就趴在桌上睡著了。小女孩一睡覺，就變回老巫婆的樣子，把虎姑婆嚇一大跳。虎姑婆把她搖醒，問她：「妳是誰？」

老巫婆說：「我是老巫婆，很多故事裡都有老巫婆，很多老巫婆都跟妳一樣喜歡害人。我是好心的老巫婆，我要救小朋友，送他們回家去。」

虎姑婆說：「老巫婆是什麼東西，聽都沒有聽過，要救小孩子，先打敗我再說。」說著虎姑婆就露出一口大黃牙。

老巫婆也露出一口大黑牙，她那魔藥的睡力還沒消除，魔法施展不出來。老巫婆和虎姑婆抱在一起，張開大嘴巴，想要咬對方。她們誰也不讓誰，你抓我的頭髮，我捏你的耳朵。後來，禿鷹一口啄下去，想啄虎姑婆，卻啄到老巫婆，老巫婆痛得完全清醒，趕快施展魔法，把虎姑婆打敗。

虎姑婆發抖地說：「妳會魔術？」

老巫婆說：「這叫魔法，妳趕快說出小朋友在哪裡，不然我就要把妳變成蒼蠅。」

虎姑婆說小朋友在地下室，老巫婆找到他們，把他們救出來。

老巫婆把掃帚變大，要載小朋友們回去，虎姑婆很生氣的說：「妳要把我的食物拿走，我跟妳拚了。」說著抓住老巫婆的掃把。

老巫婆的掃把突然飛起來，把虎姑婆吊在半空中。小朋友們又害怕又高興。禿鷹去啄虎姑婆的手，虎姑婆急著叫：「救命啊，我的手好痛。」

老巫婆飛了一大圈才把虎姑婆放下來，對她說：「妳在吃小朋友的時候，小朋友也很痛耶！」

虎姑婆哭著說：「我現在知道他們很痛了，可是我不吃他們，我就會餓死啊。」

老巫婆說：「來，我教妳魔法，我們自己做東西吃，不要再吃小朋友。」

虎姑婆說：「好啊，妳也教我騎掃把好不好？」

「好啊，我阿嬤會做菅芒花掃把，我們可以跟她要。」

虎姑婆驚訝的說：「妳這麼老了，還有阿嬤，那妳的阿嬤一定很老很老嘍？」

巧巧哈哈大笑，她把自己放進故事裡了。

這時候阿嬤走過來說：「阿巧，妳在笑什麼？」

巧巧就跟阿嬤說她剛剛編的故事，阿嬤說：「阿巧，妳真聰明，會編這麼好聽的故事。」

巧巧準備把這個故事告訴爸爸，讓爸爸寫信告訴媽媽，她還要爸爸註明，故事裡老巫婆騎的掃把，是阿嬤做的菅芒花掃把，胖胖短短，飛累了，可以躺在蓬蓬的菅芒花上看雲。

問題來找碴

1. 老巫婆和虎姑婆各有什麼本事？

2. 巧巧的阿嬤會用芒花來做成什麼東西？

問題來找碴

3. 台灣的鄉野，在什麼季節芒花開得最盛？

快樂來塗鴉

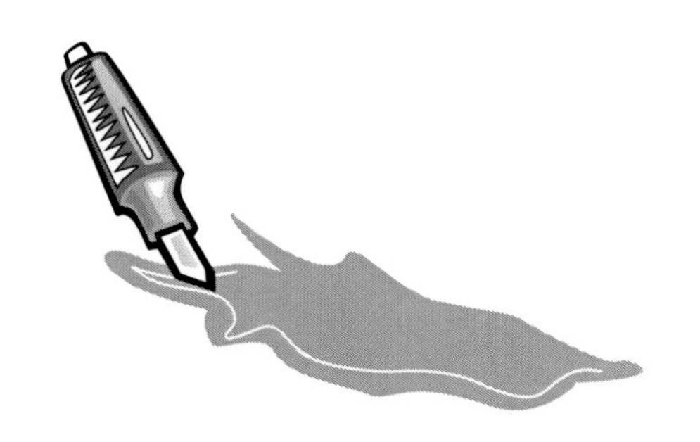

快樂來塗鴉

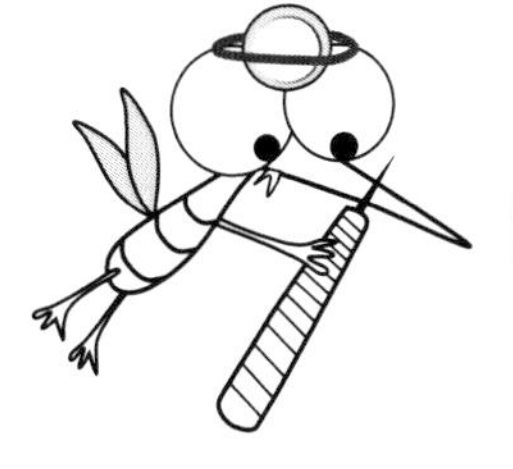

夢中的夢的夢……

有一隻小青蛙叫做夢蛙，因為他很會做白日夢。他總是懶洋洋的趴在荷葉上，所以他唱歌、跳水、游泳各方面，都比不過別人，就連捕小蟲也輸別人。

「夢蛙，我們來比賽跳水好不好？」夢蛙的好朋友跳蛙問。

夢蛙說：「不要，我很睏，我要好好睡一覺。」說著他跳到一片大大的荷葉上，就趴著不理人了。跳蛙只好自己練習，因為他想參加運動會。

夢蛙不久後就睡著了，他夢見自己變成一隻花豹，有著一身漂亮的皮毛，在草叢中走動，好像是要尋找獵物，他感覺肚子好餓。遠遠的他看到一隻落單的羚羊，就先匍伏前進，比較靠近以後才全力衝上去。獵豹可是世界上跑得最快的動物，他想像自己是一隻箭，正被拉滿的弓射出去。可是他卻覺得自己跑不動，只在原地踏步，羚羊本來逃得很快，回頭看他在原地跑，就跑回來嘲笑他，接著斑馬、野牛、土狼等動物都圍在身旁笑他。他想往前隨便抓一隻來顯顯神威，卻仍在原地跑。

獵豹只好慢慢走回草叢中，趴著生悶氣，不久後他睡著了。他夢見自己變成一條龍，在一個瀑布下的深潭裡翻筋斗。當他翻夠了，正浮在水面喘大氣的時候，發現有好多眼睛在瞪著他。原來是一群蝦兵蟹將，他故作威武的說：「看什麼看，沒見過龍大王是不是，還不快來拜見我！」

有一隻老螃蟹說：「我們在這個水潭生活一輩子，還真是沒見過你這種妖怪！」

「對啊，弄得我們這清澈的水都髒了，我才是正宗的龍，大家都叫我龍蝦。」

「你們真是孤陋寡聞，龍是最受崇拜的，有的人還說他們是龍的傳人。」龍很不服氣。

「哼，等那些龍的傳人來，你就知道自己是什麼了！」有一隻年輕氣盛的螃蟹說。

接下來幾天，龍和魚、蝦、螃蟹都在吵，龍快氣炸了，想把他們抓來吃掉，卻都抓不到。有一天，四周突然很安靜，他以為他們吵輸了，承認他最厲害，所以都躲起來。不久他聽到有人來了，是最崇拜龍的人類，龍趕快把自己梳洗得帥帥的，等人們來崇拜。結果他聽到的是「妖怪」、「水怪」這些稱呼，然後就是獵槍轟隆隆響，他嚇得一飛沖天，不敢回頭。

龍好容易看到一片雲，趕緊趴在雲上喘大氣。

「龍兄，你飛的姿勢粉好笑ㄋㄟ。」

「雲小弟，失禮失禮，我該先跟你打個招呼的。」龍受到教訓，比較謙虛了，可是他有點受不了雲講話的口氣。

「沒關係啦，我閒著也是閒著，你來陪我聊聊天嘛！」

龍陪著雲聊了一下，實在受不了雲那些「呢、哩、嘛、ㄋㄟ」這些尾音，就告訴雲說他累了，要好好睡一覺。雲馬上熱心的說要為他唱搖籃曲，還找風來幫忙。龍的確累了，眼皮重重的，不久就打呼了。

龍夢見自己變成人，不是普通人，是一個英俊的王子！他住在一個富麗堂皇的城堡裡，城堡裡有很多僕人供他使用，真是快樂似神仙。國王跟王后只生他一個，對他非常寵愛，要什麼就有什麼。王后還跟他說，三天後有一場盛大的舞會，會有很多公主或貴族的小姐來參加，到時候他要從中間挑選一個來當王妃。

舞會那一天，果然來了很多賓客，年輕的公主和貴族小姐，都打扮得很漂亮，他邀請她們跳舞，一個接一個，腳都快跳斷了，可是還沒找到他喜歡的人。她們都像娃娃一樣，很漂亮，可是講話很假，笑起來也很假。

正當王子跳得暈頭轉向的時候，突然有個打扮像蘇洛的人闖進來，拿把利劍給他，說：「你是假王子，我是真王子，為了證明這一點，我們來決鬥。」說完，蘇洛把眼罩拿掉，賓客發出驚呼，因為那個人長得和王子一模一樣。

國王和王后也分辨不出真假，只好宣布用決鬥來分出真假王子。賓客們都退到一旁，等著看真假王子的決鬥。王子很生氣，腦子裡一直在想自己是不是有學過劍術，想來想去想不出任何招式，只好硬著頭皮先耍個劍花，想要唬唬對手，沒想到劍卻落地，引來一陣笑。他趕快撿起劍，馬上出招，來個「趁人不備」，可是對手身體一閃躲過了，而且迅速出招，把他的帽子砍掉了。王子再出一擊，對手輕輕一撥，劍又掉了，這時顧不得什麼真假王子，跑了再說。

王子跑出大廳，跑進花園，對手馬上追來，王子一下子衣角少一塊，一下子鞋子掉一隻，眼看對手的劍就要劈頭砍下來，王子心裡祈禱：趕快來個巫婆，把我變成青蛙。說來真神奇，他果然變成青蛙，還趴在一片大大的荷葉上。

「你醒啦，夢蛙。你來幫我看看，我大概跳多遠？」

「夢蛙？我不是王子嗎？」

「你又在做白日夢了，王子變青蛙是童話故事啦，你叫做夢蛙，我叫做跳蛙，我們是真真實實的青蛙。」跳蛙跳到同一片荷葉上，鄭重的對夢蛙說，口水都噴到夢蛙臉上。

夢蛙問：「我睡了多久了？」

「我想想看，我大概練習二十次吧，可能有二十分鐘。」

「可是我，我夢見我是一隻花豹，花豹又夢見自己是一隻龍，龍又夢見自己是一個王子，最後——」

「最後王子夢見自己是一隻青蛙，對不對？」跳蛙覺得夢蛙瘋了。

「不對，是巫婆幫他變的，我到底是王子還是青蛙？也許我是龍，還是花豹？」夢蛙自言自語。

「夢蛙，你是一隻愛做夢的青蛙，你在夢中又做夢，夢中的夢又有夢，哎呀，再說下去我會變成神經蛙，你一定是缺乏運動才會頭腦不清，來，跳下去——」跳蛙推了夢蛙一把，噗通一聲，跳蛙跟著跳下來，又是噗通一聲。這「噗通噗通」聲好親切，夢蛙想想，還是當隻青蛙好。

問題來找碴

1. 你聽過青蛙王子的故事嗎？

2. 夢蛙在夢中的夢中分別夢見自己變成什麼？

問題來找碴

3. 你常常做夢嗎？你的夢是黑白的還是彩色的？說一個你做的夢給大家聽聽。

快樂來塗鴉

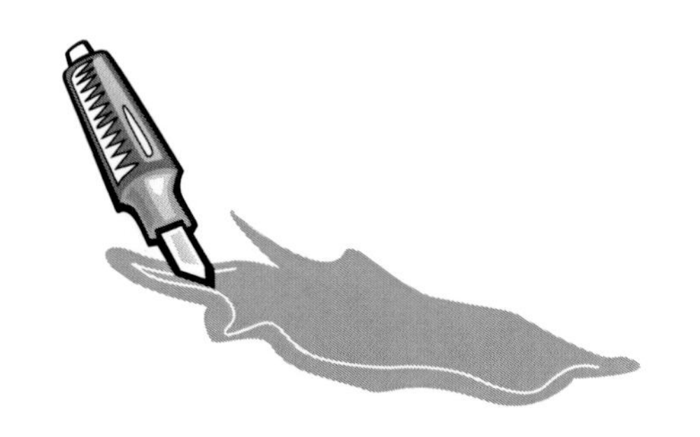

快樂來塗鴉

舌頭上的牙刷

「懶妞，妳還在窗臺上睡大頭覺，都幾點了妳知道嗎？」貓媽媽一早扯大嗓門，把懶妞從甜甜的夢中吵醒。

「媽咪，我又不是沒遲到過，急什麼！」懶妞伸個懶腰說。

能不急嗎？今天是動物教室上課的日子，懶妞是貓族的代表，事關整個貓族的榮譽，誰能不急！

各種動物為了一些利害衝突，常常會爭吵、打鬥，大家只好協議創辦一個動物教室，每種動物派一個代表，在每個禮拜三到動物教室上課，希望增進各種動物之間的了解，減少衝突事件，讓大家能和諧相處。

每一族都派最優秀的成員，只有貓族派的是有名的懶妞，當時貓族族長要先徵求自願者，懶妞以為去動物教室可以混日子，就自告奮勇。她私下以為老鼠族也會派代表來，到時候她可以不費力就大口吃老鼠肉。如果老鼠族每週都派一隻肥嫩嫩的老鼠，那……懶妞的口水都快流出來了。沒想到動物教室的班規裡有一條是：貓不准捉老鼠。天啊，看著老鼠而不能捉，那不是太殘忍了嗎？

「妳知道今天是星期幾？」

「今天是——，可怕呀，黑色的星期三！」懶妞緊張啦，跳下窗臺，沒抓書包就往外衝，原來動物教室的老師是一隻大老虎，遲到了要被罰，上次懶妞遲到，被虎老師罰兔子跳，她的腿整整痛了一個月。

懶妞遠遠看到老師正要走入教室，她一躍身，從窗口竄入，把瘦皮蛇撞了個東倒西歪。還好，比老師早一步進教室。

老師看看懶妞，臉上浮出一個「有玄機」的笑，向全班說：「各位同學早，很高興又到動物教室上課的時間，上次我們交代大家，今天要帶什麼？」

「牙刷！」全班大聲回答，除了懶妞之外，她根本把這件事給忘得一乾二淨，老師要她刷牙的事，她才沒理呢！

「對，上次阿仁建議我們推行潔牙運動，你們都帶牙刷來了嗎？」老師問。

大家大聲回答帶了，只有懶妞沒帶，她左右看一看，瘦皮蛇正露出那一排陰森森的絕門毒牙，邪惡地朝她笑。懶妞心裡恨起阿仁，阿仁是人類的代表，她想阿仁跳沒有我們貓族跳得高，跑沒有羚羊姊姊跑得快，就憑他那顆愛出鬼點子的腦袋瓜，沒事亂出主意。有一次玩貓捉老鼠遊戲，懶妞正想大展身手，阿仁卻說貓捉老鼠是老套，建議大家玩老鼠捉貓，而且是老鼠抓「三腳貓」，害她得抬起一隻腳，讓老鼠來捉，老鼠趁機會替他們鼠輩報深仇大恨，結果她被搞得很慘！

老師宣布：「現在大家把牙刷帶出來，站成一排，我一個個檢查，檢查完我們就去水籠頭那裡刷牙，由阿仁示範。」

同學高高興興把牙刷帶出去，五花八門的牙刷，看得懶妞眼花撩亂，她只好硬著頭皮出去，站在最後一個。她的腦子拚命轉，想編一個讓老師相信的理由。整整一個星期可以準備，實在找不出理由。最後她想出一個怪理由，成功失敗就看這一回了。

瘦皮蛇故意從懶妞脖子繞過說：「也許老師會請妳用廁所裡那把毛刷刷牙，這樣一定可以把妳那一口爛牙刷乾淨！」

當瘦皮蛇的牙刷檢查完畢，老師那巨大的身影來到瘦弱的懶妞面前，老師把她放在講桌上，問她：「妳的牙刷呢？」

懶妞提起勇氣把舌頭伸得長長的，用手指著舌頭。

大家都笑成一團，老師皺起眉頭說：「那叫舌頭，不叫牙刷！」

懶妞說：「老師，我的舌頭上有牙刷，請您看仔細，我都用它來刷牙，很方便，很省錢。」說完，又把舌頭伸得很長。

大家好奇地上前來看，他們看到懶妞的舌頭真的和大家不一樣，阿仁伸手摸一摸，說：「真的是一把天然刷子。」

「而且還可以隨身攜帶呢！不過老師可沒說那幾根倒立的毛可算是牙刷。」瘦皮蛇這句話好像是從牙縫裡綳出來，不知她是忌妒還是羨慕？

大家把眼睛集中到老師身上，老師想了一下說：「既然懶妞舌頭上就有牙刷，那就不必另外帶牙刷了。」

大家都好羨慕懶妞，懶妞有了信心，大聲地說：「我們舌頭上這把刷子，用處可多啦，可以刷牙，可以清理身上的毛，可以把吃過的老鼠骨頭、魚骨頭啃乾淨，真是太好用了。有機會我也想拿蛇骨頭來嘗嘗！」說得瘦皮蛇好生氣。

老師帶領大家去刷牙，只見懶妞閉著嘴巴，一個嘴巴歪過來又歪過去，天知道她是不是在刷牙！

問題來找碴

1. 舌頭上的牙刷是指什麼？你的舌頭上有沒有這種牙刷？

2. 哪些動物會有舌頭上的牙刷？

3. 你平常如何保健牙齒？

今日主題 — 刷牙～
值日生：蛇
阿仁
懶貓
老師
鼠輩

快樂來塗鴉

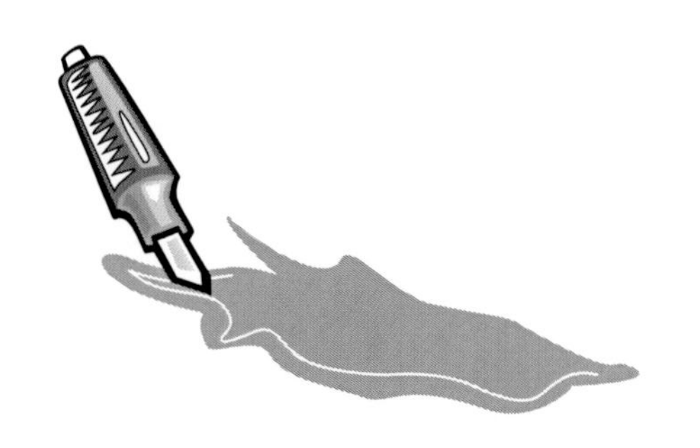

快樂來塗鴉

豬八妹上戰場

由於動物教室效果良好，變成正式的小學，取名青山小學，其他地方也紛紛成立。

動物教室的豬小弟轉學了，會有一個新的豬家代表轉進來，大家有點好奇，來的會是什麼角色？教室裡鬧哄哄，瘦皮蛇哼一聲說：「我打賭來的還是個好吃貪睡的傢伙！」

「嗯，我看差不多！」有同學附和。

「噓——，老師來了。」負責把風的果子貍大聲警告，教室立刻安靜下來。

虎老師帶著一隻女生豬走進來，他要她自我介紹。

「各位同學大家好，我叫做豬八妹，代表豬家族進入動物教室，希望能和大家一起學習。」豬八妹說完還對大家深深一鞠躬。

「哇哩咧，我還孫悟空呢！」瘦皮蛇小聲說著，一旁快腳猴白了他一眼。其他同學聽了「豬八妹」都憋不住笑了起來。

「請問，妳是豬八戒的妹妹嗎？」貓族代表懶妞舉手發問。

「你豬頭啊，豬八戒是她幾百年前的老祖宗了！」瘦皮蛇覺得懶妞很蠢。

「好了好了，你們別再鬧了，要好好照顧新同學，現在把課本拿出來。」

豬八妹除了名字怪一點，其他沒有什麼特別，身材中等、衣服整齊、講話平淡，實在不好玩，幾個喜歡惡搞的同學突然懷念起豬小弟。

一天的課上下來，大家都覺得沒精打采，因為少了豬小弟的打呼聲；吃營養午餐時，吃不下的東西也不能偷偷倒給豬小弟吃了，這個豬八妹只吃自己的食物。

豬八妹在班上交到幾個朋友，像大眼蛙、懶妞、芭比熊，這些是女生，可是連快腳猴和兔小寶也跟她交朋友，瘦皮蛇就想不通了。

不久，全國的動物教室有運動比賽，每年都舉辦八百公尺賽跑、撐竿跳和丟鐵餅三項。去年快腳猴跑冠軍，兔小寶的撐竿跳和芭比熊的丟鐵餅都是亞軍，今年還是派他們出去比賽。

就在訓練進入緊鑼密鼓的階段，快腳猴和兔小寶卻出意外了，他們這一對哥倆好總是一起騎腳踏車上學，沒想到為了閃避喜歡飆車的刺蝟，跌到山谷去，快腳猴摔斷左腳，兔小寶右肩脫臼。距離比賽只有一個禮拜，老師急得猛跳腳，緊急開班會決定代替的選手。

大家七嘴八舌提出新人選，被提名的同學都拒絕，因為沒有把握，怕不能保持紀錄。老師緊皺眉頭不知道該怎麼辦，這時豬八妹舉手說：「我可以參加八百公尺賽跑。」

「什麼，豬八妹要參加賽跑？」瘦皮蛇驚叫，其他同學也帶著懷疑的眼光。

「瘦皮蛇，你別『蛇』眼看人低，至少豬八妹很有勇氣。」大眼蛙替豬八妹打抱不平。

懶妞跳上桌子說：「對嘛，『蛇』嘴裡吐不出象牙，我就來報名撐竿跳，瘦皮蛇，你覺得怎麼樣？」許多同學鼓掌。

老師說：「很高興豬八妹和懶妞挺身出來，這個禮拜放學後，我幫你們加強加強。」

瘦皮蛇不死心的說：「老師，我聽說今年有兩個很厲害的賽跑選手，我們一定要派出高手才有希望。」

「瘦皮蛇，不要唱衰，鹿死誰手還不知道呢！」人類代表阿仁用這句話堵住瘦皮蛇的嘴。

豬八妹、懶妞、芭比熊在放學後還留下來練習，她們非常努力，成績越來越好。

比賽這一天，所有選手都摩拳擦掌，準備大展身手。

可是，虎老師卻皺著眉頭，焦急的在教室走來走去，因為懶妞和芭比熊竟然還沒出現！不久，他們才知道芭比熊和懶妞都拉肚子，身體非常虛弱，沒辦法參加比賽。原來昨天練習完，豬八妹家裡有事直接回去，芭比熊和懶妞在半路上買了酸梅冰喝，今天鬧肚子。

全班同學都愣住了，不知道該怎麼辦，有人提議找別人代替，有人提議棄權比較不會因為成績不好而丟臉。這時候豬八妹說：「我替她們去比賽。」

大家又是一愣，從來一個選手都只參加一種項目，一次參加三種項目，是不可能的任務吧！

豬八妹接著說：「我們一起練習的時候，我也會陪懶妞她們練練撐竿跳或丟鐵餅，我想我還可以應付。」

大家心裡還有疑問，可是沒有辦法可想，老師趕緊換選手。

第一項比賽是八百公尺賽跑，有花豹、野牛、羚羊等厲害角色站在起跑線上，豬八妹會不會跑出好成績，同學都替她擔心。當裁判舉槍，槍聲一響，大家都迅速飛奔出去。花豹的姿態很美，羚羊很輕巧，野牛似乎很有衝勁，豬八妹也全力往前衝，可是總覺得少一點特別的味道。

各校的啦啦隊使出渾身解數猛加油，競爭之激烈不輸跑道上的選手。

第一圈兩百公尺跑完羚羊領先，第二圈跑完花豹領先，第三圈跑完野牛領先，青山小學的同學都覺得豬八妹沒有希望奪冠軍，沒想到第三圈半的時候，豬八妹漸漸趕上野牛，接近終點的時候有超前的跡象。這時候前面幾名的距離很近，觀眾緊張得心臟都快跳出來了。只見狂奔中的豬八妹竟然出現一種流線型的美感，連其他學校的啦啦隊都不禁為她加油。

最後豬八妹一鼓作氣衝過終點線，拿到八百公尺賽跑的冠軍。同學跑到終點迎接她，把她抬起來走回教室。

懶妞和芭比熊已經在教室裡等著，拉肚子拉到面色慘白的她們，非要來幫豬八妹加油不可，兔小寶和快腳猴也來了。還有一個鐘頭就要比賽丟鐵餅，芭比熊在一旁傳授秘訣。豬八妹的力道很大，就是出手時角度會稍微偏差，影響了鐵餅落地的距離。

其他選手走起路來都一副虎虎生風的樣子，大力熊用右手拗左手指節，發出嚇人的聲音；獨眼猩猩擴胸展露出雄厚的肌肉，他們是最被看好的選手。豬八妹只是一副沉思的樣子。

啦啦隊先把現場氣氛炒熱，選手就定位了，一個一個丟出鐵餅。目前是獨眼猩猩領先，輪到豬八妹了，她深深吸一口氣，抓著鐵餅轉幾圈，丟出，鐵餅以一個很漂亮的弧度飛出去，飛飛飛，飛到沒有力氣才掉下來，竟然比獨眼猩猩的還遠一點點，全場響起鼓掌聲。接著是最後一號大力熊，他原本是斜著眼睛看豬八妹丟，現在整個精神集中起來，用小跑步跑到定位，甩甩手臂，深吸一口氣，在大家凝神靜氣的時候丟出去，那個鐵餅好像長了翅膀，飛飛飛，飛過了豬八妹丟的位置才掉下去，又滾了一下，所以大力熊是冠軍。

雖然豬八妹只得到亞軍，大家還是很高興，仍舊把豬八妹抬回教室。一個小時後就是撐竿跳比賽，懶妞和兔小寶都在一旁幫她惡補。其他同學沒看過豬八妹練習撐竿跳，都抱著懷疑的態度，「一隻豬在撐竿跳」，這種景象有點難以想像，何況豬八妹已經比賽過兩個項目，體力消耗了不少。大家都很期待，有些人是抱著看好戲的心理，想像一隻豬從竹竿掉下來的景象。

這個項目都是動作輕盈的選手，像猴子、兔子、小狐、袋鼠等等，青山小學從兔子換成貓咪，最後竟然換成一隻豬。由於體型特殊，豬八妹用的竹竿特別粗。練習的時候，跳斷過幾隻竹竿。她被排在最後一個，仍舊一副沉思的樣子。高度依序調整，成績出來了，一個個選手敗陣下來，袋鼠、長臂猴的成績都不錯，豬八妹竟然也跟著一關一關的過。

「豬也能飛啊！」一旁的觀眾看了豬八妹跳，竊竊私語，嘖嘖稱奇。不過袋鼠在倒數第二關失敗了，豬八妹和長臂猴過了最後一關。接著長臂猴破了去年紀錄，輪到豬八妹了，經過兩項比賽，她已經是半個風雲人物，就看她在這個項目是不是也能破紀錄。在起點的地方，她同樣深吸一口氣，抓著竿子助跑，跑到跳的地方，竿子一撐，哇，她沒能跟著破紀錄，摔到沙坑裡，摔下來的姿勢有點好笑，不過大家還是很佩服她，給她的掌聲超過長臂猿。

被抬回教室的豬八妹顯得好累，同學阿仁趕緊幫她按摩，順便問她一籮筐問題。

「唷，阿仁，你以為自己是記者啊，想要幫我們的風雲人物寫報導是吧！」瘦皮蛇儘管心裡滿佩服豬八妹，嘴巴卻不改酸溜溜的本性。

「寫報導輪不到我啦，我自有我的打算。」阿仁笑笑說。

經過這次比賽，主辦單位想也許以後可以舉辦「三項全能比賽」，每一個學校可以多派幾個選手。從此每年的運動大會，多了「三項全能比賽」。

阿仁回到人類世界，把這個比賽項目告訴師長，結果人類發展出「十項全能比賽」，出現了幾個厲害的鐵人。

至於豬八妹為什麼那麼厲害，記者深入挖挖挖，終於挖出內幕。原來豬八妹排行老八，上面有七個哥哥，豬爸爸很不喜歡別人對豬家族有「好吃懶做」的印象，就以軍事化訓練來教他們，豬八妹必須和哥哥一起做事、一起吃飯，所以動作快、力量大，稍加訓練就成了運動健將。

問題來找碴

1. 豬八妹為什麼需要參加三項比賽？

2. 豬八妹比賽的成績如何？

3. 你知道亞洲鐵人是誰嗎？

快樂來塗鴉

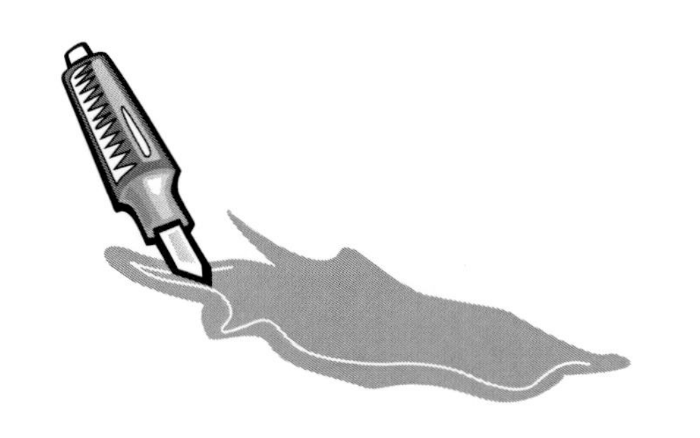

快樂來塗鴉

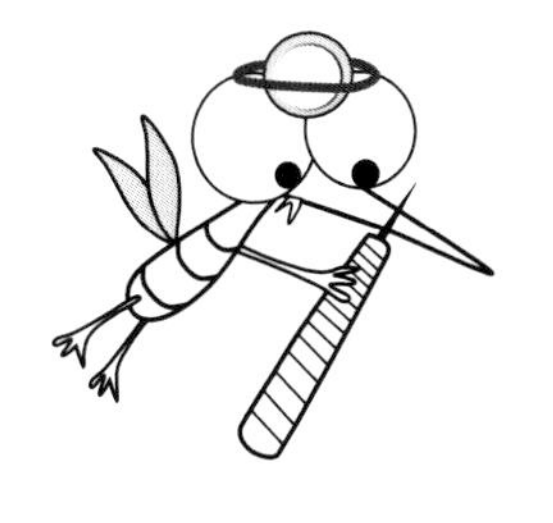

稻草人狂想曲

「早安，太陽，我是稻草人酷拉拉一號。自從我由老稻草人手中接下這根「趕雀棒」以後，我就對自己發誓，一定要守住這一片稻田，要把入侵的麻雀趕盡殺絕，要為我們稻草人立下英雄的榜樣。」

這是稻草人第一天上班，對著天空講的一番話。

「晚安，月亮，我是稻草人酷拉拉一號。自從我由老稻草人手中接下這根「趕雀棒」以後，我就對自己發誓，一定要守住這一片稻田，要把入侵的麻雀趕盡殺絕，要為我們稻草人立下——」「嘓」，稻草人心裡想，我還沒講完，青蛙發出這一聲「嘓」是什麼意思？是嘲笑我嗎？我承認我還沒有發揮什麼大的威力，因為一整個大白天，才只有幾隻麻雀鬼頭鬼腦的來看我幾眼，我還來不及揮動手中的「趕雀棒」，他們就吱吱喳喳落跑了。

稻草人酷拉拉一號在心裡嘀嘀咕咕，他只想對著月亮，來一篇相同的就職演說而已啊！突然又聽到「嘓」一聲，他想又是青蛙在發飆，不能再忍了，第一天就讓人看扁可不是好玩的。正當他要發威的時候，又來一聲「嘓」，接著四面八方響起各種聲音，稻草人楞住了。大家都在嘲笑他，連天上的月亮也好像張大嘴巴在笑他。

「停——」 酷拉拉一號大吼一聲，周圍突然安靜下來。

「嘓，稻草人，我們在唱歌，關你什麼事？」青蛙不高興的說。

啊，原來他們只是在唱歌，不是衝著他來的，稻草人這下可糗大了，記得老稻草人說，青蛙是好鄰居。

「我們今晚特別賣力，其實是為了歡迎你，沒想到你一點都不領情，我們是看老稻草人的面子哩！」另一隻青蛙生氣的說。

酷拉拉一號趕緊向青蛙們對不起，並且自我介紹一番。青蛙們聽了，響起一陣瘋狂大笑。有一隻比較早笑完，對大夥說：「什麼，稻草人也有名字，還叫做褲子拉一拉！」這一來，笑聲更多更大，酷拉拉一號急著解釋，好容易大家才停住笑聲。

大家重新拉開嗓門，用美麗的樂曲來歡迎酷拉拉一號。那曲調裡有尖拔的高音，有沉緩的低音，還有他形容不出的樂音，令他非常陶醉。他體會到老稻草人所說的：「夜晚的田野交響樂，足以讓你忘掉白天所受的氣。」

酷拉拉一號覺得很神奇，不同的小動物，竟然可以合奏出那麼美妙的音樂。夜漸漸深沉，他的身上不知不覺爬了些露珠，星星借著露珠，把彩光映在酷拉拉一號身上，好像一件涼爽的彩衣。

從此，酷拉拉一號每天過著天堂跟地獄交替的日子，白天，他在地獄忍受麻雀們的搗蛋；晚上，他在天堂享受好朋友的交響樂。說起那些麻雀，一隻隻都是鬼靈精怪，有的在他的頭上跳踢踏舞，有的鑽到他的衣服裡頭哈癢，有的猛扯他的衣褲。在他揮動「趕雀棒」打得全身東倒西歪、活像醉漢的時候，其他的麻雀就埋頭苦幹，把日漸飽滿的稻子吞進胃裡。想起自己的就職演說，實在慚愧萬分。

有一天晚上，月光把大地照得柔柔亮亮，好朋友的樂曲也比平常悅耳，酷拉拉一號忍不住誇他們是天生的音樂高手，一隻青蛙說：「才不呢，剛開始我們各叫各的，是老稻草人慢慢教我們，他用「趕雀棒」指揮，過了一段時間，我們才培養出默契，你現在才有好樂曲可以聽。」

「原來如此，老稻草人怎麼沒有把這段歷史告訴我呢？可能它一向謙虛吧，哪像我，三分力氣，自誇成十分，難怪連趕麻雀的工作都做不好。

我該如何對付那群吱吱喳喳的鬼靈精怪？咦——，老稻草人曾經教我指揮，說也許有一天我會用得著，那時我還不相信，胡亂學呢，明天我就來試試看，希望你們也幫我祈禱吧！」酷拉拉一號第一次盼望黎明的到來。

隔天天一亮，麻雀依舊成群結隊的飛來，酷拉拉一號不再氣急敗壞的揮著「趕雀棒」趕他們，他柔和的揮舞著棒子，嘴裡哼著曲調。麻雀們你看看我，我看看你，以為稻草人發瘋了。

接著，酷拉拉一號對麻雀說：「歡迎，各位愛唱歌的小天使，你們看，天空多麼藍，好像為你們拉開一大片布幕，要讓你們展現美麗的歌喉。」

麻雀聽了，七嘴八舌的表示他們不懂得唱歌，也不愛唱歌，他們最厲害的是偷吃稻子，還有整得稻草人大跳滑稽的迪斯可。接著，麻雀又胡鬧開來。

酷拉拉一號這才知道，自己每天在上演滑稽的迪斯可。想到這裡，他的「指揮棒」又變回「趕雀棒」，一切又和原來沒兩樣，好灰心啊！

當天晚上，酷拉拉一號難過得唉聲嘆氣，青蛙為了讓他忘掉痛苦，就請他幫大家指揮。酷拉拉一號不想辜負朋友的好意，沉重的舉起「指揮棒」，開始指揮。不久，他陶醉在其中，把白天所受的氣拋在腦後。一曲結束，大家都說他是天生的指揮家，酷拉拉一號半信半疑，他想：若能讓麻雀唱出好聽的歌，才好意思接受這個封號，於是決定明天再試試。

第二天、第三天過去了，情況卻沒什麼改變，酷拉拉一號又要打退堂鼓了。只是夜間的朋友們不斷為他加油打氣，他只好答應他們，要再動腦想一想。這一晚，酷拉拉一號失眠了，心裡所有的委屈，被小動物們的友情感動，轉化成一波波的旋律，像海浪一樣澎湃著。當天色由黑暗轉為灰亮時，那些夜間朋友剛要進入夢鄉，突然酷拉拉一號舉起「指揮棒」瘋狂的揮動，同時大聲的唱起歌。那曲調活潑，歌聲輕快，那些夜間朋友的

精神為之一振，趕緊加入演奏的行列。他們都陶醉在其中，一遍又一遍……

天亮了，麻雀又成群飛來，準備再找酷拉拉一號的碴，卻被眼前的景象嚇到了。就有一兩隻麻雀忍不住跟著引吭高歌，其他麻雀也紛紛加入，酷拉拉一號更有勁了，像大指揮家一樣渾然忘我。雖然麻雀的歌聲參差不齊，但是整個田野裡的氣氛很和諧，酷拉拉一號那些夜間朋友這才放心的進入夢鄉。

不久，到田裡巡視的稻田主人，看見一隻隻麻雀，站在飽滿的稻穗上，不是啄食穀子，而是載歌載舞，他也被眼前的景象嚇到，還以為自己沒睡醒，呆立一旁。等到曲終時，麻雀們才注意到稻田主人的存在，一哄而散，只留下酷拉拉一號站在那裡，把「指揮棒」，不，是「趕雀棒」高高的舉在半空中，呆立著。

主人問：「那首曲子叫什麼？」

「叫・叫・叫做稻草人狂想曲。」酷拉拉一號回過神來，臨時編出曲名。

主人很高興，因為他長年受麻雀的氣，換過一個個稻草人都沒有用，沒想到新上任的稻草人能指揮麻雀唱歌。當他知道曲子是酷拉拉一號自己作的時，更對他刮目相看。主人於是想出一個點子，就是成立「麻雀合唱團」，由酷拉拉一號當指揮，再聘請黃鶯來教唱歌。他還劃分一部分稻田，要專門讓麻雀去啄食。

主人才走，麻雀又聚攏來，他們還想唱呢！酷拉拉一號把主人的計劃說出來，麻雀樂翻天，吱吱喳喳的分貝，比平常高出許多。酷拉拉一號的夜間朋友，竟然在白天失眠！不過他們都很欣慰，酷拉拉一號當上了「麻雀合唱團」的指揮，他們一起演奏的「稻草人狂想曲」，就要成為名曲了。

酷拉拉一號非常感謝那些夜間朋友，之後，他又在他們友情的滋潤下，創作了稻草人狂想曲第二號作品、第三號作品……，他也成了傑出的作曲家。

稻草人為了讓麻雀們唱得更好，特別請黃鶯來當老師，麻雀們在黃鶯嚴格的指導下，歌聲有如天使，這一片田野，每天充滿歌聲，久而久之，變成觀光聖地。酷拉拉一號穿著燕尾服，的確有幾分酷味；麻雀團員染一身烏亮的毛，在一大片金黃的稻穗上，顯得非常耀眼。

稻子收割後，「麻雀合唱團」準備來個世界巡迴演唱，把一系列的「稻草人狂想曲」，唱給全世界的朋友聽。

問題來找碴

1. 稻草人酷拉拉一號的工作是什麼？

2. 為什麼稻草人酷拉拉一號覺得很灰心？

3. 稻草人酷拉拉一號的「趕雀棒」最後變成什麼？

快樂來塗鴉

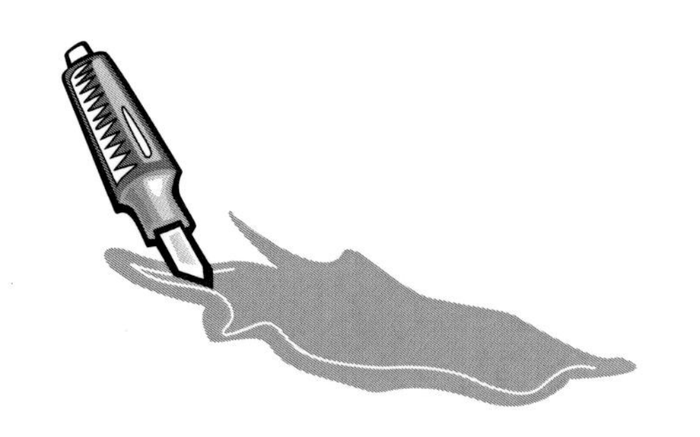

快樂來塗鴉

我的乾媽是巫婆

當老師宣布要準備製作母親卡的時候，我傷腦筋的時刻就到了。我不是煩惱卡片，因為我是做卡片的高手，而且每年我都得做兩張。為什麼我得做兩張卡片？因為我有兩個母親，一個是媽媽，一個是乾媽。這就是我煩惱的地方，給媽媽的禮物很容易準備，她都會在清明節過後就開始給我各種暗示，你想要猜錯都很難。難的是乾媽的禮物，每年都得絞盡腦汁，想破頭也想不出適當的禮物，誰叫我乾媽是個巫婆！

巫婆乾媽住在一個斷崖邊的城堡，那不是一般人去得了的地方，每年母親節當天的凌晨兩點，乾媽會派飛帚來接媽媽、我和貓咪，等我們飛到城堡剛好是天矇矇亮的時候，換上她為我們準備的巫婆裝之後，就開始母親節的派對。你應該看看掃帚滿天飛的盛況，受到巫婆乾媽邀請的客人都是一些傷心的媽媽，這些媽媽失去她們的孩子，母親節這一天，她們聽到別的小朋友唱有關媽媽的歌，或看到街上充滿康乃馨，心裡會流淚。於是巫婆媽媽把傷心的媽媽接來城堡，渡過這個特別的日子。

嚴格說起來，我的媽媽算是幸福的（除了爸爸老嫌她嘮叨之外），她被邀請是因為我，巫婆媽媽只有我這個乾女兒。八歲那一年，我很想要一隻小貓，每天睡覺前，我都跪在床邊祈禱，希望爸媽讓我養小貓咪。我每晚向我所知道的神祈禱，可是好像一點效果也沒有。有一天晚上，我念完玉皇大帝、上帝、觀世音、媽祖以後，突然想起巫婆，雖然沒有人把她們當神，但是她們會魔法，說不定會幫我變出一隻貓。當我祈禱完，我的床邊坐著一個打扮很奇怪的女人，說她正在飛行，突然聽到有人叫她，就循

著聲音找來。於是，我有了一個巫婆乾媽，她說服我媽媽讓我養一隻貓。我的祈禱實現了，當然對她佩服萬分。

每次我問巫婆乾媽想要什麼禮物，她都說：「我什麼也不缺，妳只要記住我是世界上最善良的巫婆就好了。」這我早知道了，可是這實在不像禮物，因此我每年都挖空心思想禮物，希望送跟別人不一樣的禮物。城堡裡有來自世界各地的禮物，巫婆乾媽真的什麼都不缺，不過她把我送的禮物放在她的房間裡，那些東西現在看起來都很幼稚，今年我一定要送真正有意義的禮物，因為今年夏天我要從小學畢業了。

終於我想到一件有意義的禮物，我秘密地進行，連媽媽都不知道。隨著母親節一天天接近，我的心也一天天緊張起來。媽媽問我：「小莉，妳不讓我們進去妳的房間裡，到底是有什麼秘密？」我對媽媽說：「不是不讓妳知道，是時候未到。」耍神秘的感覺真有趣，只有貓咪知道，但是他不會出賣我。

母親節前一天，我自信滿滿的對媽媽說：「半夜巫婆乾媽的飛帚來時，妳和貓咪一起去，我要帶著禮物晚一點到。」

媽媽疑惑的看著我說：「小莉，巫婆乾媽可是住在斷崖邊的城堡，沒有飛帚你去不了。」

「我知道，妳跟乾媽說，我一定會趕到，而且會帶著神秘禮物。」

媽媽半信半疑的先去睡覺，她對爸爸咬耳根，一定是要爸爸注意我。我爸爸一睡就睡得很死，鞭炮聲也吵不醒，我不必擔心神秘禮物曝光。半夜兩點左右，聽到媽媽帶著貓咪上路了，我才起來，從床下拿出精心製作的康乃馨飛帚，在飛帚上面綁一個大大的蝴蝶結，這就是我要送給巫婆乾媽的禮物。半個月前我就去買一大束康乃馨，每天回來對它們念兩組咒語，一組是保持新鮮，一組是能夠飛翔。這是巫婆乾媽教我的，以前我都不當回事，這次要拿來應用。經過我的練習，竟然成功了，而且速度比乾媽的飛帚還快，所以我不必太早出發。

我在凌晨三點出發，夜裡的空氣很清涼，星星似乎特別亮，我陶醉在飛翔的逍遙裡。突然，耳朵有點癢，我用指頭清一清，感覺耳邊好像有什麼聲音，我側著頭想聽清楚，聲音卻消失了。當我又陶醉在飛翔時，那模模糊糊的聲音又響起，我指揮康乃馨飛帚往聲音的方向飛去。不知不覺，我竟然坐在一張小床上。床前一個小女孩睜開眼睛看到我，大叫：「天使來了，天使真的來了！」附近一陣騷動，燈被打開了，我才發現自己在一間大房間，許多張小床排列著，床上的小朋友張著惺忪又好奇的眼睛看著我。我的驚訝不輸他們，後來門被打開了，兩個修女進來，小孩子七嘴八舌跟她們說：「天使來了。」

修女安撫他們後，把疑惑的我帶到辦公室，她們說這些小朋友都是孤兒，今天是母親節，有一個小女孩太想念她媽媽，祈禱天使把她媽媽帶來，沒想到妳出現了。修女們聽了我降落的經過，說我一定是天使，她們不相信巫婆的咒語那一套說法，我也解釋不清楚。她們希望我留下來陪伴這些小朋友過母親節，就當我是他們的媽媽派來的天使。天已經朦朦亮了，大家都到城堡了吧，我急著要去參加城堡的派對，乾媽會安排好多好玩的節目哩。但是看到修女們懇求的眼神，這是我第一次感覺到被需要的眼神，我不知道該怎麼辦？

最後我決定留下來，還穿上孤兒院的天使服裝，跟小朋友一起吃早餐，一起唱歌，還跟他們說，他們的媽媽在天堂都很快樂。總之，把自己當成天使的我，變得很會「蓋」，還把我的飛帚上的康乃馨分給他們，渡過一個很特殊的母親節。直到黃昏才說我得回天堂，匆忙離開。

拿著只剩下一根竹竿的飛帚，看來我是飛不起來了，今年的母親節我注定要爽約。我對著竹竿說：「對不起，我不能飛了。」這時，我感覺到竹竿在搖動，我跨過竹竿，試著唸起飛翔的咒語，「咻」的一聲，我騰空了，速度飛快的往前、往上，我飛進一團雲層中，頭昏腦脹，分不清方

向。我在腦子裡搜尋有關飛翔的咒語，嘴裡念念有詞。終於飛出雲層，開始往城堡飛去。

等我飛到城堡，星星已經掛滿天了，媽媽們正舉行惜別晚會。所有的飛帚都在廣場上待命，我趕緊降落，跑進去找媽媽，媽媽看到我，緊緊抱著我不放。她以為我掉到懸崖去了，擔心了一整天。巫婆乾媽問我去哪裡玩了？我把一整天的經歷跟大家報告後，巫婆乾媽說：「我只想到失去孩子的媽媽，竟然忘了失去媽媽的孩子，這樣好了，明年我們也邀請那些小朋友來吧！」

我把竹竿拿出來，說：「乾媽，我原本要送妳一隻康乃馨飛帚，並且證明我學會了飛翔的咒語。」

「傻孩子，妳為小朋友做的事就是最好的禮物了，妳是世界上最善良的小巫婆。明年小朋友的派對由你來規劃哦！」

所有媽媽們高聲歡呼，大力為我鼓掌，我都有點陶醉了，只是，什麼時候我成為小巫婆了？

問題來找碴

1. 你知道母親節在哪一天嗎？為什麼要慶祝母親節？

2. 小莉為什麼會有一個巫婆乾媽？

問題來找碴

3. 明年的母親節，巫婆乾媽要如何來慶祝？請你也想一想你要如何慶祝？

快樂來塗鴉

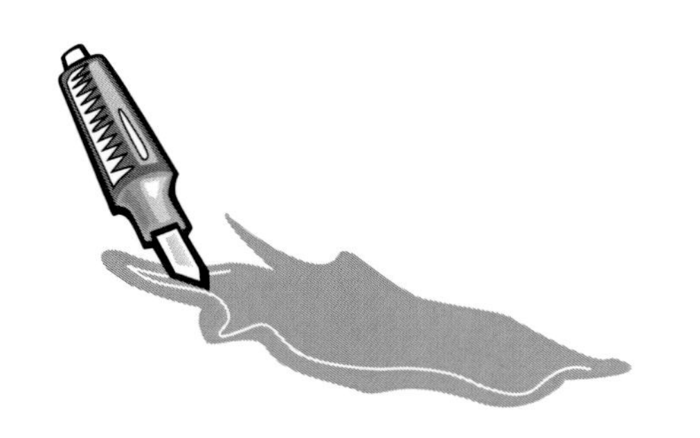

快樂來塗鴉

心情溫度計

森林裡，正流行感冒，許多動物都染上了，醫院裡大爆滿。漢卡是一隻小豬，他身體一向很好，這一次卻也感染上了，全身滾燙燙的，豬媽媽趕緊帶他去看醫生。

醫生先把溫度計放在他腋下，漢卡覺得很好玩，問媽媽為什麼要這樣？媽媽回答說：「那是溫度計，可以告訴醫生，你的溫度有多高。」

看完病，漢卡對溫度計產生很大的好奇心，豬媽媽只好買一隻讓他帶回家看個仔細。漢卡從此沒事就充當醫生，幫自己的玩具看病，當然他最喜歡幫玩具量體溫了。他總覺得溫度計很神奇，能夠把身體的熱度顯示出來。

漢卡漸漸長大了，他很聰明，也很喜歡學習新知識。有一天，弟弟漢莫哭鬧不停，媽媽怎麼也哄不了，漢卡以為弟弟生病了，就拿著溫度計要幫弟弟量體溫。媽媽說：「漢莫沒有生病，他只是情緒不好，因為我不讓他吃奶嘴。」

說起奶嘴，那真是漢莫的心肝寶貝，連晚上睡覺時也要含著。現在媽媽不讓他吃奶嘴，他就哭鬧不休。漢卡想：「情緒不好是不是也可以量出來呢？」

漢卡問媽媽：「有沒有『心情溫度計』？」

媽媽笑笑說：「傻孩子，心情是很難測量的，怎麼會有『心情溫度計』！」

漢卡不死心，他問了好多人，所有人都回答沒有「心情溫度計」，就連醫生也這麼說。但是漢卡還是不死心，自從他腦子裡有「心情溫度計」的構想後，就很用心地觀察各種動物的情緒表現，他發現那比生病發燒要複雜多了，於是下決心要發明「心情溫度計」。

森林裡的動物，都知道豬家有一個叫漢卡的小孩，異想天開地要發明「心情溫度計」這種東西，他們見到豬爸爸、豬媽媽，都有意無意地冷嘲熱諷一番；而豬爸爸、豬媽媽也感到很困擾，豬媽媽還以為漢卡那一次發燒，燒壞了腦子。

漢卡卻不理會別人的嘲笑，他自己蓋了間小屋，每天都在小屋裡研究。時間一天一天過去，漢卡的「心情溫度計」一直沒有成功，大家也漸漸淡忘這件事。

有一天，漢卡手上拿著一個東西，從他的研究小屋衝出來，高興地大叫：「我成功了！我成功了！」鄰居以為發生什麼大事，都圍過來看，漢卡告訴他們，「心情溫度計」已經發明出來了，希望鄰居來試試看。鄰居們都搖搖頭，有些還勸漢卡趕緊去看醫生，免得愈來愈嚴重。豬爸爸生氣地把漢卡叫回家，鎖上門不讓他出去。

漢卡逮住機會要爸爸試試看，爸爸抓起棍子要打他，豬媽媽趕緊過來勸解，豬爸爸氣得走出家門。漢卡竟然要求媽媽試試看，豬媽媽勉強答應，漢卡高興地把「心情溫度計」放在媽媽的腋下，過一會兒，漢卡把溫度計拿出來看看，說：「媽媽，妳現在的心情是悲傷的。」

豬媽媽嘆口氣說：「我真的很傷心，你為了這個『心情溫度計』，害我們被人家嘲笑，今天，你又惹爸爸生那麼大的氣。」

「可是我成功啦！我能測出媽媽的心情，媽媽，妳應該高興才對。」

豬媽媽半信半疑地看著漢卡，漢卡就把指針的刻度解釋給她聽。漢卡又拿弟弟妹妹當試驗品，試驗結果，豬媽媽覺得好像真有那麼一點道理。

後來，豬爸爸回來，豬媽媽耐心地把試驗結果說給他聽，豬爸爸雖然還不太相信，但也不會太生氣了。

平常，有些鄰居會來豬家串門子，現在每當有鄰居來，豬媽媽就先讓人家測試「心情溫度計」，然後由漢卡來解釋。那些鄰居覺得滿準的，例如：狼太太和狼先生吵架，要來向豬媽媽訴苦，「心情溫度計」測出她的心情；兔先生被測出心情高興，因為兔太太懷孕了；梅花鹿小姐測出的是有些害怕又有些興奮，原來她想談戀愛……，還有許多例子，都證實「心情溫度計」很準確。

經過這些鄰居的宣傳，遠遠近近的動物，都好奇地跑來試試「心情溫度計」，心情好的，就把他心中快樂的事與大家分享；心情不好的，就把事情講出來，讓大家一起想辦法安慰他，或是幫他解決。豬家成了大家調節心情的地方了，而漢卡也像個心理醫生一樣，為大家解決問題。

有一天，狐狸先生也來了，「心情溫度計」測出他心情很緊張、害怕，漢卡問：「狐狸先生，你是獅子大王跟前最受寵的大臣，為什麼會這樣？」

狐狸先生難過地說：「獅子大王最近脾氣變得很古怪，心情好的時候，就賞賜很多寶物給大臣；心情不好的時候，就把大臣殺了。所有大臣每天去見他都緊緊張張的，不知道那一天會被殺掉。所以我聽說你這裡有『心情溫度計』，就想請你到皇宮去，每天幫大王量量心情，好讓大家有心理準備。」

狼太太聽了狐狸先生的話，搶先說：「萬一大王心情不好，把漢卡給殺了，那怎麼辦？」

「對啊，漢卡不能去送命。」兔子小姐也附和。

大家都紛紛表示不贊成的態度，狐狸先生垂頭喪氣地準備離開，漢卡突然說：「狐狸先生，我去。」

大家都勸漢卡不要冒這個險，可是漢卡卻說：「獅大王心情不穩定，常常會殺掉大臣，這樣對我們動物王國也不好，我決定去試試看，大家放心，我會很謹慎的。」

就這樣，漢卡到皇宮去了。他決定每天為獅大王說一個故事，在說故事之前，他先用「心情溫度計」為自己測量，以決定他說什麼樣的故事。

第一天，漢卡說一個快樂的故事，那個故事很有趣，聽得獅大王哈哈大笑。第二天，他說一個非常悲傷的故事，所有聽故事的人都流下了眼淚，獅大王更是難過得很。第三天，他說一個無聊的故事，大家聽了都快睡著了。當天晚上，獅大王請漢卡一起用餐，獅大王問漢卡：「你每次說故事之前，為什麼要把那個東西放在腋下？」

漢卡回答：「大王，這個東西叫做『心情溫度計』，它可以測量我當時的心情，我就按照我的心情來說故事。」

「『心情溫度計』準確嗎？你又為什麼要依當時的心情來說故事呢？」獅大王顯然很好奇。

漢卡回答：「這個溫度計很準確，當你心情很好時，它會呈現綠色的；悲傷時，它是藍色的；生氣時，它是紅色的，還有其他顏色，代表其他心情。如果我的心情很快樂，那麼我說快樂的故事，這樣可以由我的內心深處發出真正的快樂，聽眾也可以感覺到我的快樂；悲傷時，我說悲傷的故事，我心裡的悲傷也可以傳染給聽眾。」

狐狸先生提出疑問說：「如果你心裡很憤怒，那麼你說的故事也會令人憤怒嗎？」

「當然，但是我憤怒的時候不說故事，因為快樂可以說出來和別人共享；悲傷可以說出來讓別人分擔，而憤怒表現出來，只會增加大家的不愉快，所以當我心情憤怒的時候，就不說故事。」漢卡回答。

獅大王對這幾句話思考了很久之後，說：「你能不能讓我也量量心情？這樣我才可以避免在心情不好的時候發號命令。」

「當然可以，大王。」說著，漢卡把「心情溫度計」送給獅大王。

從那天起，獅大王每天都量一量自己的心情，如果那天心情不好，他就避免發號命令，自己在花園裡散步。散步的時候，他就會反省自己為什麼心情不好？後來他發現到自己常為一些小事情生氣，散散步，冷靜想一想，心情就會好一點。久了以後，獅大王心情不好的機會愈來愈少了。

大臣們都很感激漢卡把大王的壞脾氣醫好，他們希望漢卡教他們做「心情溫度計」，可以隨時測量自己的心情。

漢卡也教森林裡的所有動物製作「心情溫度計」，當有人覺得自己的心情「生病」了，就用「心情溫度計」量一量，然後想辦法去醫治。從此，動物王國變得更和諧快樂了。

問題來找碴

1. 心情溫度計有什麼作用？

2. 當你心情不好的時候，你會怎麼辦？

3. 如果真有「心情溫度計」，你會想買嗎？

快樂來塗鴉

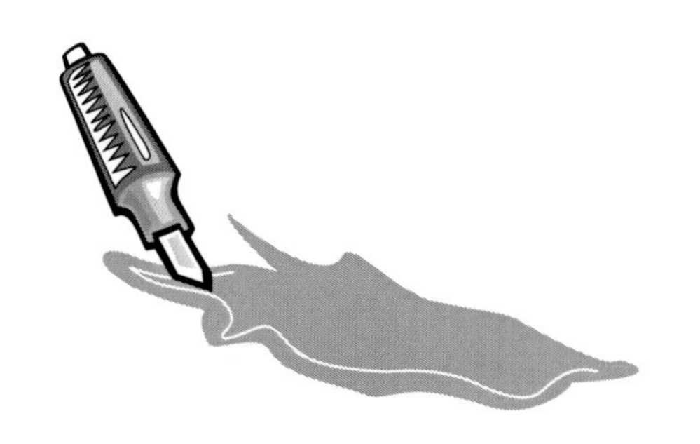

作者簡介

康逸藍，筆名康康、藍棠等，出生於淡水小鎮。

師大國文系畢業，在淡水國中任教數年。接著進淡大中研所就讀，畢業後歷任東華書局、國語日報出版部編輯，作文班老師；舊金山培德高中、曼谷朱拉大學中文教師，現專事寫作。

曾獲海峽兩岸童話優選獎、中華民國教材研學會徵文散文類優選、香港詩網絡詩獎公開組優異獎，行動讀詩會2006年度詩獎。

是個喜歡土味的人，從小愛玩、愛鬧，更愛幻想。現在從事「自由業」，意思是「自由自在寫故事給人看的職業」。除了寫新詩、散文、小說、廣播短劇等，特別喜歡寫故事跟小朋友分享，已經出版的童話有：

《閃電貓斑斑》

《長頸鹿整型記》

《一〇五個王子》

《９９棵人樹》

《豆豆的前世今生》

《行俠仗義小巫公》

《非吃不可的童話》

《叫大蟒蛇起床》

童詩集：《童詩小路》

新詩集：《周末．憂鬱》

論文：《明末清初劇作家的歷史關懷》

個人網站：《康康文字花園》，歡迎來逛逛。

國家圖書館出版品預行編目

抽脂蚊減肥檔案 / 康逸藍著. -- 一版. -- 臺北市 ：
秀威資訊科技, 2007[民96]
面； 公分. --（語言文學類；PG0140）

ISBN 978-986-6909-75-7（平裝）

859.6　　　　　　　96009546

語言文學類　PG0140

抽脂蚊減肥檔案

作　　者 / 康逸藍
發 行 人 / 宋政坤
執行編輯 / 林世玲
圖文排版 / 郭雅雯
封面設計 / 莊芯媚
封面繪圖 / 鄭志慧
插　　圖 / 康郁澤　楊舜盈　＿＿＿＿＿（畫插圖的大小朋友請簽名）
數位轉譯 / 徐真玉　沈裕閔
圖書銷售 / 林怡君
法律顧問 / 毛國樑　律師
出版印製 / 秀威資訊科技股份有限公司
台北市內湖區瑞光路583巷25號1樓
電話：02-2657-9211　傳真：02-2657-9106
E-mail：service@showwe.com.tw
經 銷 商 / 紅螞蟻圖書有限公司
台北市內湖區舊宗路二段121巷28、32號4樓
電話：02-2795-3656　傳真：02-2795-4100
http://www.e-redant.com

2007 年 6 月　BOD 一版
定價：220元

讀　者　回　函　卡

感謝您購買本書，為提升服務品質，煩請填寫以下問卷，收到您的寶貴意見後，我們會仔細收藏記錄並回贈紀念品，謝謝！

1.您購買的書名：____________________________

2.您從何得知本書的消息？

☐網路書店　☐部落格　☐資料庫搜尋　☐書訊　☐電子報　☐書店

☐平面媒體　☐ 朋友推薦　☐網站推薦　☐其他__________

3.您對本書的評價：(請填代號　1.非常滿意 2.滿意 3.尚可 4.再改進)

封面設計____　版面編排____　內容____　文/譯筆____　價格____

4.讀完書後您覺得：

☐很有收獲　☐有收獲　☐收獲不多　☐沒收獲

5.您會推薦本書給朋友嗎？

☐會　☐不會，為什麼？____________________________________

6.其他寶貴的意見：____

____

____

____

讀者基本資料

姓名：____________________　年齡：______　性別：☐女 ☐男

聯絡電話：________________　E-mail：____________________

地址：____

學歷：☐高中(含)以下　☐高中　☐專科學校　☐大學

☐研究所(含)以上　☐其他_______________

職業：☐製造業 ☐金融業 ☐資訊業 ☐軍警 ☐傳播業 ☐自由業

☐服務業 ☐公務員 ☐教職　☐學生 ☐其他__________

請貼
郵票

To：114

台北市內湖區瑞光路 583 巷 25 號 1 樓

秀威資訊科技股份有限公司　　收

寄件人姓名：

寄件人地址：□□□

- -

(請沿線對摺寄回,謝謝!)